현수성이 간다

신주쿠 구호센터의 슈퍼히어로

현수성이
玄秀盛が
간다
ゆく

신주쿠 구호센터의 슈퍼히어로

사사 료코 지음   장은선 옮김

다반
일상의 책

목차

환생

1964년 6월. 장마철의 빗줄기가 작은 찻집의 창문을 두드린다. 가게 안에는 부모와 여섯 살 아들로 구성된 한 가족이 앉아 있었다.

그러나 일반적인 가족이 풍기는 단란한 분위기는 느껴지지 않았다. 아버지는 재혼하여 새로운 가정을 꾸렸고, 어머니는 아이를 데리고 다른 남자와 살고 있었다. 아이만이 골칫거리였다.

아이의 이름은 현수성. 다섯 살 때까지 출생 신고조차 하지 않았다. 자신의 탄생을 누구에게도 환영받지 못한 채 살아온 아이다.

그랬건만, 웬일로 오늘은 마셔 본 적도 없는 오렌지색 주스가 눈앞에 놓여 있었다. 방금 어머니가 사준 장난감 양철 전투기가 손 안에서 반짝반짝 은색으로 빛났다.

"부웅, 붕—!"

창문을 통해 보이는 잿빛 하늘로 장난감 비행기를 날린다.

그러나, 천진난만하게 노는 것처럼 보이는 아이는 사실 어머니와 아버지의 대화를 엿듣고 있었다. 그 사실을 들키지 않기 위해 입으로 비행기 소리를 내는 것일 뿐이다.

장마의 가는 빗소리에 섞여 두 사람의 대화가 들려 왔다.

"어쨌든 당신이 아버지잖아. 좀 데려가."

"이제 와서 무슨 소리야. 나도 그럴 여유 없어."

"충분히 길렀으니까 좀 데려가라는 거야, 우리 집 양반이."

"야, 잠깐 기다려 봐. 쟤가 내 자식인 건 확실한 거야?"

수성의 비행기가 순간 멈췄다. 아버지가 수성을 쳐다보고 있음을 느꼈기 때문이다.

아버지의 싸늘한 목소리가 수성의 작은 가슴에 메아리쳤다.

"하나도 안 닮았잖아."

아버지는 쳇 하고 혀를 차면서 가래를 뱉었다.

수성은 온몸에 귀가 달린 것처럼 집중해서 아버지와 어머니의 이야기를 듣고 있었다. 아버지 말대로, 진짜 가족이 누구인지 수성 자신조차 잘 모른다. 이 두 사람이 정말로 자신의 친부모라면 과연 이런 대화를 나누고 있을까. 그러나 아이는 부모의 매정한 대화를 들어도 울지 않았다. 장난감을 내던지지도 않았다.

더 어릴 적에도 이런 날이 오지 않을까 어렴풋이 예상은 하고 있었다. 어머니도, 어머니와 함께 사는 남자도 자신에게 몇 번이나 물었기 때문이다.

"아버지 있는 데로 가지 않을래?"

"야, 꼬마. 느이 아빠 있는 데로 가."

언젠가 버림받을 거라고 예상하고 있었다. 그리고 지금, 아버지와 어머니는 귀찮은 짐덩이나 되는 것처럼 수성을 서로에게 밀어붙이는 중이다.

수성은 자신이 듣고 있다는 것을 들키지 않도록 비행기의 엔진 소리를 냈다.

"부―웅. 피융피융."

이윽고 수성이 보고 있던 창유리에 어머니가 비쳤다. 낯익은 뒷모습이 찻집 문 너머로 사라져 가고 있었다. 그래도 수성은 비행기 날리기를 멈추지 않았다.

"부웅―, 부웅―."

수성을 맡은 것은 "진짜 내 애야?"라고 물었던 아버지 쪽이었다. 수성이 어머니로부터 버림받은 날의 기억.

수성은 그때 생각했다. 어머니에게는 버림받고, 아버지에게는 환영받지 못한다. 이제부터는 내가 나를 지킬 수밖에 없다. 혼자서 살아가야만 한다. 그는 이 순간, 버려진 자신을 자기 스스로 거둔 것이나 다름없다. 너무도 빨리 찾아온 유년기의 졸업이었다.

아니, 오히려 다시 태어났다는 표현이 어울릴지도 모른다. 여섯 살이 되어 처음으로 경험한 환생이었다.

저녁 무렵, 조그마한 짐 꾸러미와 장난감을 든 현수성이 간 곳은 고베시 나가타 구의 어떤 골목이었다. 고깃집 아래, 조잡한 창고 같은 집. 안에서 나온 사람은 아버지와 막 결혼한 일본인 아내였다. 수성을 보고 귀신처럼 눈을 치뜨더니 하이톤인 목소리로 날카로운 고함을 질렀다.

"여보, 잠깐. 쟨 뭐야?"

아버지가 설명하자 여자는 눈썹을 추켜세웠다.

"숨겨 둔 애가 있다곤 한마디도 안 했잖아. 쟬 어쩔 셈이야? 설마 여기서 키울 작정이야? 당장 갖다 주고 와!"

아버지는 귀찮다는 듯이 대답했다.

"뭐 어때? 이제 곧 애가 태어날 테니 애보기라도 시키면 좋잖아."

새어머니의 무서운 시선이 수성을 노려보았다. 수성은 작은 손에 쥔 장난감을 꼭 움켜잡았다.

그 후, 수성은 아버지가 말한 대로 애보기나 집안일에 노예처럼 부려 먹히게 된다.

어린 시절 각인된 기억은 사람의 인생에 얼마나 큰 영향을 주는 것일까. 그는 이후 씻어 버릴 수 없는 불신감과 강한 애정 결핍을 느끼게 된다. 그 경험에 대해 현수성은 몇 번이나 이렇게 말했다.

"인간에게는 사랑받는 것과 인정받는 것이 제일 중요해."

한국 출신 프로레슬러 역도산이 폭력배에게 찔려 죽은 것은 그다음 해였다. 시대는 새로운 영웅을 소비할 날을 애타게 기다리고 있었다.

날카로운 칼

신주쿠 구호센터, 통칭 '카케코미데라'[1]가 개설된 지도 올해로 7년이 지났다.

가부키쵸 카케코미데라의 소장 현수성. 한때 카마가사키의 인부 파견 업으로 한 재산을 모았으며, 조폭과 다투던 끝에 일본식 이름 '히라야마'로서 어둠의 세계에서 유명해진 사나이. 재계의 핵심 인물이나 전 총리 대신과도 인맥이 있는 자. 천일회봉 순례를 두 번이나 해낸 사카이 대사 아래서 득도한 남자. 그리고 과거의 모든 것을 버리고 신주쿠 구호센터를 설립한 뒤, 가정 폭력, 사채 빚, 자살 충동 등 1만여 건의 사건 상담을 해준 사람이기도 하다.

매스컴은 이런 괴물 같은 사람의 인생 역전에 주목했다. 신문이나 잡지의 기자, 텔레비전도 모두 그를 뒤쫓았다.

그러나 그리 오래는 계속되지 못할 거라고, 세상은 은근히 그의 노력을 깔보고 있었던 게 아닐. 사람을 돕겠다고 말해 봤자 어자피 위선이

---

1 뛰어드는 절(寺)이라는 뜻. - 역주

거나 허영, 혹은 갑작스러운 변덕일 뿐. 길어야 삼 년, 짧으면 일 년 지나 문을 닫을 것이다. 성질에 안 맞는 짓을 해봐야 악당은 결국 악당이라며 많은 사람들이 비웃었다.

몸뚱이 하나로 상담자를 지키며, 스토커나 조폭과도 대결하는 현수성. 그가 언젠가 당할 날을 기대하며 격투장이라도 구경하듯 잔혹한 호기심을 보이는 사람들도 있었을 것이다.

한마디로 말해 세상은 그를 수상하게 여기고 있었다.

그러나 누가 그 시선을 비난할 수 있을까. 정의를 위해서 싸우는 사람, 텔레비전에서 치켜세워진 사람은 결국 좌절이나 추문으로 만신창이가 되어 땅바닥에 처박힌다.

정의란 픽션에나 나오는 것이지 현실에는 존재하지 않는다는 사실을 우리는 몇 번이나 확인했다. 매스컴도 영웅은 없다는 사실을 증명하는 데 한몫했다—심지어 그들은 누군가의 평판을 떨어뜨리기 위해 거짓으로 치켜세우기까지 한다—.

하지만 현수성은 그런 시선에 아랑곳 않고, 동양 최고의 환락가 가부키쵸의 한구석에서 사람들의 고민과 맞서고 있다.

칠 년. 결코 허영이나 변덕으로 쌓아 올릴 수 있는 시간이 아니다. 불행한 사람들을 줄곧 짊어질 수 있을 만큼 짧은 기간도 아니다.

호기심에 차 있던 시선들은 긴 시간에 걸쳐 공포나 경탄으로 바뀌었다. 동시에 그가 평범하지 않다는 사실에 모두가 동의했다.

그와 같은 사람은 그밖에 없다.

현재 52세. 눈빛은 날카롭고, 쭉 편 어깨에는 격투가같이 굵고 짧은 목이 박혀 있다. 그러나 무엇보다 눈에 띄는 특징은 전신에서 뿜어내는 독특한 기백이다. 그걸 어떻게 묘사해야 좋을까.

빈틈없는 기백이 온몸을 감싸고 있지만 위압감은 없다. 잘 웃고 농담도 잘한다. 마치 아이처럼 천진난만하다고 평하는 사람도 있다. 사실 꽤나 붙임성이 좋다. 신주쿠 구호센터에 찾아오는 사람과 어떤 선입견도 없이 말을 주고받는다. 아이부터 노인까지, 많은 사람들이 그런 모습에 매료되어 그를 따랐다.

반면, 정말 무서운 사람이라고 두려워하는 자들도 있다. 얌전한 척하고 있지만, 난폭한 육식 동물의 눈은 숨길 수 없다. 일단 작정하면 상대의 숨통을 끊어 놓는 것쯤 신경도 안 쓰는 눈빛이다. 즉 그의 점잖은 면모에 매료되든 숨겨진 야수의 본성을 보든 간에, 맹금류나 맹수의 눈에서 느껴지는 압도적인 기운을 그가 발산하고 있다는 의견은 같았다.

흥미로운 것은, 일단 상담을 시작하면 그 신비한 힘에 재차 당황하게 된다는 점이다. 상담자와 소통할 때, 왜곡하는 일도 상실하는 법도 없이 상대의 말 자체를 온전히 흡수한다는 느낌이다. 그리고 눈 깜짝할 사이에 문제의 답을 내놓곤 했다.

사람에게 말을 걸 때, 우리는 상대가 어떻게 반응할지 어렴풋이 예상할 수 있다. 그리고 때때로 그 예상에 따라 불쾌함이나 위화감을 느낀다. 그런데 현수성과 대화할 때에는 그런 마찰이 일체 없었다. 그는 내 말에 모두 동의하지 않는다. 동의는커녕 때때로 심하게 반박당하기도 했다. 그러나 신기하리만큼 상쾌했다. 그는 나를 받아들여 준다, 그러나 나로 인해 털끝 하나 변하지 않는다는 상반된 느낌에서 오는 안정감이었다.

그는 카케코미데라를 개설할 때 회사도 인맥도 가족도 모두 버렸다. 지킬 것이 없으니 잃을 것도 없었다. 무슨 말을 들어도 상처받지 않고 꿈쩍하지도 않는 것은 그 때문이라고 말했다.

그와 이야기를 나눌 때마다 차갑게 가라앉은 냉철함을 느낄 수 있다. 어쩐지 잘 벼려진 칼을 연상시킨다. 아마도 내 느낌은 실제와 그리 다르진 않을 것이다. 진검 승부로 생사를 가르는 세계에서 버텨온 그이기에.

얼핏 평화로운 법치 국가로 보이는 이곳에서, 그는 지금도 떠돌이 무사처럼 뭔가가 덤벼 오는 것을 지긋이 기다리고 있는 것이다.

자유로의 도피

2002년 12월. 야윈 필리핀 여성이 속옷 하나 걸친 채 빗속의 가부키쵸를 맨발로 달리고 있었다. 원래 흰색일 속옷은 피로 검게 변색되었고, 매니큐어가 벗겨진 발은 흙탕물로 범벅이었다.

불야성의 도시라 불리는 가부키쵸도, 새벽 두 시쯤 되면 가게 불이 하나둘 꺼진다. 손님을 기다리던 택시도 물보라를 헤치고 돌아갈 시간이었다. 순찰하는 경찰도 눈에 띄지 않는다. 우산을 쓰고서 불심 검문을 할 수는 없기 때문이란다.

필리핀 여성의 이름은 휘오나. 이곳에서의 예명이다. 나이는 이십대 전반. 속옷 차림으로 서비스하는 술집에서 일하고 있다. 가게가 파한 직후, 조폭인 포주에게 구타를 당했다.

검푸르게 부어오른 한쪽 눈, 부자연스럽게 구부러진 오른팔을 늘어뜨린 채 그녀가 향한 곳은 가부키쵸 파출소가 아니다. 파출소에서 수십 미터 앞, 작은 복합 상가 빌딩의 4층에 있는 신주쿠 구호센터. 통칭 '가부키쵸 카케코미데라'였다.

좁고 어두컴컴한 계단. 군데군데 전구가 깨져 있다. 검은 타일로 된 계단 열 개 정도 올라가니 층계참이 나왔다. 다음 층계참까지 다시 열 계단, 그녀는 숨을 헐떡이며 나선형으로 빙글빙글 도는 계단을 뛰어올라갔다.

그 끝에 자리 잡은 4층 구호센터의 문은 활짝 열려 있었다.

"살려 줘요!"

그녀는 억양이 서투른 일본어를 내뱉으며 안으로 달려들었다.

"살려 주세요. 헬프, 헬프 미, 헬프!"

그곳에는 신주쿠 구호센터 소장, 현수성이 있었다. 탁탁탁, 아래층에서부터 또 다른 발소리가 들려온다. 추격자다.

"안으로 들어가."

바닥으로 쓰러진 여성을 안쪽으로 옮긴 뒤, 현수성은 센터의 문 앞에 섰다.

현수성, 당시 46세. 폴로셔츠에 작업 바지 차림이었다. 일반인과 비교해서 별 차이 없는 모습이었지만, 눈에는 그만이 발산하는 이상한 빛이 감돌았다. 어둑어둑한 계단 밑에서 습한 냉기가 피어오른다.

현수성은 아래에서 올라오는 것이 누구인지 잘 알고 있었다. 이윽고 젊은 폭력배가 여자를 쫓아 달려왔다. 신경질적인 얼굴에 핏대를 세우고 있던 남자는, 센터의 간판을 보고 순간 기가 꺾이는 표정을 지었다.

"저 말이야. 내 여자가 여기 왔을 텐데."

숨이 턱까지 찬 남자의 입김에서 담배와 술의 냄새가 뿜어져 나왔다. 냄새와 습기가 섞여 뒤범벅이 된다.

"난 또 뭐라고. 형씨, 일단 좀 진정하지."

말은 부드러웠지만 현수성의 표정은 딱딱했다.

"미안한데, 여잘 불러 줘. 좀 싸웠는데, 병원에 가야 돼."

여자가 숨어 있을 듯한 장소를 넘겨다본 남자는 안으로 들어오려 했지만, 현수성은 어깨로 그를 밀어붙이며 낮은 목소리로 말했다.

"내 여자라니. 여기가 어딘 줄 알아?"

"보면 알지."

남자는 '신주쿠 구호센터'라고 써 붙인 종이를 힐끔 쳐다보았다.

"그럼 얘기가 빠르겠네. 여기는 가부키쵸 카케코미데라야. 여기 들어온 사람은 누구든 보호하는 게 규칙이지. 그러니 그 문턱을 넘게 할 순 없겠는걸."

"우리 조직 여잔데?"

남자는 눈앞의 상대가 물러설 거라 생각하고 던진 말이었지만, 현수성은 코웃음을 쳤다.

"조직이라. 넌 어디 소속인데?"

"XXX파."

현수성은 전혀 움직이지 않았다.

"흐음. 당신, 조폭으로서 요구하는 거야, 아님 남자로서 요구하는 거야?"

남자는 내심 놀랐다. 신주쿠 구호센터라는 비리비리한 이름의 시설 주제에, 박력 있는 오사카 사투리를 구사하는 정체불명의 남자가 튀어나온 것이다. 이 말투는 아무리 생각해도 일반인의 그것은 아니다.

"조폭이라니 더 안 되겠네. 여자는 상품이잖아. 조직의 상품에 상처를 내도 되나? 여자가 완전 너덜거리더라. 상품은 소중히 다뤄야지? 나도 이런 일 하는 덕에 그쪽 사정은 잘 알고 있거든. 당신 기둥서방이지? 그게 조직이랑 뭔 상관이야. 이 카케코미데라는 내가 목숨 걸고 하는 사업이라고. 할 테면 해보시지."

현수성이 남자를 향해 한 걸음 다가갔다.

"그 문턱, 넘을 거면 넘던지?"

여기서 난투극이 벌어질 거라 생각한다면, 텔레비전이나 영화를 너무 본 것이다.

다행히도 현실은 「대부」보다는 스케일이 작다.

조폭이라고 스스로를 소개한 남자도 바보는 아니다. 수많은 폭력 남편이나 기둥서방들이 그러듯, 감히 현수성에게 주먹을 휘두르지는 못했다. 여자를 때리는 남자는 백 퍼센트 겁쟁이라고 현수성은 단언한다. 자신의 약함을 숨기기 위해 폭력으로 위장한다는 것이다.

현수성은 갑자기 어깨의 힘을 뺐다. 강하게 나간 뒤에 바로 부드럽게 대할 것. 그의 비결이다. 밀고 당기며 상대가 물러설 타이밍을 자연스레 마련해 주는 것이다.

"형씨. 오늘은 이만 쉬는 게 좋지 않겠어? 난 내일도 모레도 여기 있으니까, 누구랑 얘길 한 건지 잘 확인하고 오라고."

남자로서는 현수성이 어떤 종류의 인간인지 알 도리가 없었다. 오사카 사투리를 심하게 쓰는, 조직 폭력배의 이름을 들어도 꿈쩍하지 않는 인간이라니 꽤나 찜찜했으리라. 이럴 때에는 실전 경험이 얼마나 있느냐가 관건이지만, 남자의 몸에서는 이미 힘이 빠진 상태였다.

"갈 거라면 이름 남기고 가. 어느 조직인지 모르면 연락도 못 하잖아."

관록에서 패배했다는 표현이 딱이다. 남자는 곤란한 표정을 지으면서도 시원스럽게 이름을 댔다. 그러고는 납득이 안 간다는 표정으로 밤거리를 향해 사라져 갔다.

현수성은 안쪽의 방에 숨어 있는 여성에게 향했다. 상처에서 피가 멎지 않는 걸 확인한 뒤, 야식을 먹으러 간 여성 자원봉사자에게 전화를 걸었다.

"붕대랑 소독약 사 와. 빨리."

"네, 알았어요."

수화기의 저편에서 마른 침을 삼키는 기색이 느껴졌다. 긴장을 풀어주려는 듯, 그는 가볍게 덧붙였다.

"돈은 니가 내."

상대가 무심코 웃는 소리가 들렸다.

자원봉사자가 돌아오자, 현수성은 휘오나의 상처에 응급 처치를 했다. 잠시 생각하더니 병원에 전화를 건다. 병원이긴 하지만 인간 대상 병원은 아니다. 24시간 영업하는 동물 병원이다.

"선생님. 개가 교통사고를 당해서 다리 한쪽이 부러졌어요. 주인이랑 같이 보낼 테니까 좀 봐주세요. 응, 개요. 암컷. 잘 부탁합니다."

의사가 진찰하는 것은 개. 현수성이 데려간 것도 개. 그렇게 처리되었다. 접골 및 수술비 등을 합쳐서 병원비는 삼만 엔. 현수성이 오친 엔씩 할부 지불하기로 했다.

치료를 한 다음, 현수성은 자원봉사자와 휘오나를 데리고 은신처로 이동했다. 은신처는 쇼쿠안 도로에 있는 돈키호테[2]의 정면에 위치하고 있었다. 월세 12만 7천 엔의 원룸 맨션. 부엌과 거실이 분리되어 있는 방에는 두 개의 싱글 베드와 파티션이 놓여 있다. 작은 냉장고와 텔레비전이 마련되어 있어서 며칠 정도는 문제없이 생활 가능하다. 현수성은 은신처에 두 사람을 내려놓고 센터로 돌아온 뒤, 날이 밝기까지 얼마 남지 않은 시간 동안 수면을 취한다. 여성 스태프는 휘오나와 함께 은신처에서 잠들었다.

다음 날, 남자가 정중한 태도로 찾아왔다.

"어젯밤에는 실례가 많았습니다."

술에 취했다지만 누가 봐도 명백할 만큼 사람을 때렸으니 이제는 신고당할까 봐 조바심이 난 것이다. 게다가 어젯밤과는 딴판으로 저자세를 취하는 것이, 현수성의 정체를 알고 온 것이 틀림없었다.

그러나 남자는 이런 상황에서도 휘오나가 자기 여자라는 점, 돈을 갖고 도망치려고 하니까 때렸다는 점을 강력하게 주장했다. 현수성은 팔짱을 끼고서 가벼운 말투로 받아쳤다.

"뭐, 그런 건 아무래도 상관없고. 저 여자, 불법 체류자지? 당신 상해죄야, 알고는 있어? 신고 들어가면 여자가 감금되었던 곳, 일하던 곳 다 걸려 나온다. 입국 관리국도 경찰도 바보가 아니라고. 형씨, 사실은 그게 걸려서 여기 온 거지?"

2 일본의 대형 할인 체인점. - 역주

남자는 솔직히 인정했다.

"……네. 실은 그것도 있습니다."

"저 여자가 경찰을 찾아가면, 필리핀인지 마닐라인진 모르겠지만 고구마 넝쿨 뜯듯이 줄줄이 걸려 나올걸. 그러면 당신네 애들도 가게도 끝이지."

새파래지는 남자의 얼굴에 가까이 다가간 현수성은 속삭이듯이 말을 이었다.

"괜찮아. 여자 입막음은 해주지. 내가 책임지고 그쪽까지 안 가게 해줄게."

남자는 현수성 앞에서 얌전한 양처럼 굴었다. 사람 다루기는 현수성의 특기다.

"정말입니까?"

"그럼, 보증하지. 당신, 이 근처에서 움직이지? 난 항상 여기 있으니까 무슨 일이 생기면 이리로 오면 돼. 그러니까 여자 짐이랑 여권 가져와. 돌려보내게."

"……알겠습니다."

남자가 응하는 표정을 관찰하던 현수성이 틈을 주지 않고 연거푸 말했다.

"그리고 형씨, 여자한테 십만만 주지?"

남자의 얼굴빛이 갑자기 바뀌는 것을 본 현수성이 천천히 말을 이었다.

"그쪽에서 생각하기엔 말도 안 될지 모르지만, 뱃삯도 들잖아. 안 그러면 여자가 입국 관리국에서 다 불어 버릴지도 몰라. 당신 주소랑 기타 등

등……. 그치? 내가 말 안 하게 보증할게. 어떻게든.”

현수성은 갑자기 곤란하다는 표정을 지어 보였다.

“우리도 돈 들었다고. 붕대비다 뭐다.”

“……알겠습니다.”

남자는 한시라도 빨리 이 일에서 손을 떼고 싶었던 모양이다. 그 뒤, 짐과 현금 십만 엔이 도착했다. 그중 삼만 엔은 치료비, 삼천 엔은 현수성의 수수료. 육만 칠천 엔이 휘오나에게 건네졌다.

휘오나가 그 뒤 어떤 길을 선택하든 현수성이 상관할 바가 아니다. 하지만 일반론을 논하자면…… 이라며 서두를 뗀 현수성은 휘오나의 앞에 앉아서 말했다.

“클럽이나 카바레에서 일하면 조폭이 반드시 들러붙을 거야. 반드시! 그렇지만 교외의 러브호텔 목욕탕이나 여관 같은 곳이라면 혹시 괜찮을지도 모르겠군.”

신중하게 듣고 있던 휘오나는 갈색의 눈동자로 응답했다.

은신처에서 하룻밤을 보낸 뒤, 그녀는 카나가와 현에 있는 비영리 법인의 은신처로 이동했다. 상처가 다 나은 뒤에는 간토 지방의 여관에 숙박 제공 조건으로 취직했고, 반년 정도 걸려 수십만 엔을 손에 쥐었다. 그 후 자기 나라로 돌아갔다고 한다.

이러한 후일담을 알게 된 것은 어느 날 현수성에게 도착한 한 통의 편지를 통해서였다. 보낸 사람의 이름은 아니타. 이름은 달랐지만 금세 누구인지 알 수 있었다. 아마도 일본인 손님에게 대필을 부탁한 모양이었다.

'현수성 씨, 감사합니다. 평생 이 은혜를 잊지 않겠습니다.'

남자의 투박한 글자로 쓰인 편지를 본 현수성은 씨익 웃었다.

그녀는 무사히 자기 나라로 돌아갔다고 한다. 도망쳐서 스스로 자유를 쟁취한 것이다.

"남자한테 계속 돈을 뜯기다가 팔까지 부러진 사람을 바로 강제 송환시키는 건 좀 아니잖아. 좋은 일도 있어야지, 그대로 돌아가면 나쁜 기억밖에 안 남는다고. 어쨌든 잘된 일이야."

현수성은 그렇게 말했다.

굶주림과 목마름

나는 프리 저널리스트다. 현수성을 존경한다는 출판 기획자에게 이끌려서 카케코미데라에 발을 들였다. 2년 전의 일이다.

이 센터의 운영 자금을 모으기 위한 유료 웹진을 편집하고, 일주일에 한 번 발송하는 것이 내 역할이다. 그를 위해 접수된 상담의 해결 사례를 모으고 있다.

처음에는 현수성의 이야기를 믿을 수가 없었다. 너무나도 황당무계한 것이, 마치 자극적인 「V 시네마」[3]의 줄거리라도 듣는 것 같은 기분이었다. 도대체가, 단신으로 조폭들과 싸워 온 남자가 가부키쵸에서 구호센터를 연다는 식의 스토리 자체가 수상했다. 지나치게 드라마틱한지라, 의심 많은 나로서는 아무래도 믿기 어려웠다. 현수성과 미팅 약속을 잡고 일주일마다 구호센터를 취재하러 왔건만 상담자와 마주친 적은 한 번도 없었다—우리가 오는 시간대에는 상담자와 약속을 잡지 않으니 당연하긴 하지만—. 낡은 빌딩에 세 들어 있던 구호센터도 공원 근저의 해 드

---

3 우리나라로 치면 「긴급출동 SOS」 같은 TV 프로그램. - 역주

는 곳으로 이전한 덕분에 밝은 인상을 풍겼다.

너무나도 평온해 보였다.

단지, 그에게서 발산되는 기운—너무나 진부하지만 다른 단어를 찾지 못하겠다—에는 평범하지 않은 긴장감이 있었다. 눈빛부터가 회사원을 하던 사람과는 너무도 달랐다. 꽤나 난폭하게 살아온 사람이라는 것만은 명백했으나, 그가 말하는 것이 사실인지 거짓인지 가려낼 방법이 내게는 없었다.

그즈음 웹진 제작을 담당하기 시작했다. 구호센터에도 더 자주 드나들었다. 이제까지 현수성의 얘기로만 들었던 온갖 상담 사례들의 당사자들을 직접 접하게 되면서, 나는 그의 이야기가 진실이라는 쪽에 동의하게 되었다. 내가 세상을 너무 몰랐던 것이다. 어느새 공포에 가까운 감정이 내 안에 스며들었다. 현수성의 충고는 대체 어떤 체험에서 우러나오는 것인가. 그는 어떤 인물인가. 진심으로 알고 싶다고 생각하기 시작한 것은 이때부터이다.

상담 사례들의 내용은 꽤나 심각했다. 인터뷰를 하면서 그 막막함에 할 말을 잃은 것도 한두 번이 아니다. 잠시 동안 불면증을 앓을 정도였다. 결국 나 자신도 이 원고 내용에 좌절하고, 그의 이야기를 통해 일어설 용기를 얻은 상담자 중의 한 명인 셈이다. '정에 휘둘려선 안 된다'는 것이 현수성의 주장이다. 이 글에서는 그가 살아가는 방식과 다시 일어서는 상담자들에게 경의를 표하고, 되도록 자신의 감정을 배제하고 싶다.

현수성의 인생담은 언뜻 알기 쉽지만, 진정 그가 어떤 사람인지 이해하려고 하면 전혀 다른 문제가 된다. 그는 선량한 표정으로 남을 돕는 사람이 아니다.

그가 어째서 이렇게 독특한 인격을 갖게 되었는지 이해하려면, 아무래도 현수성의 원점이 되는 과거 이야기를 빼놓을 수가 없다.

내가 끈질기게 그의 과거를 캐묻자, 현수성은 "난 언제까지 옛날 얘기를 주절주절 늘어놔야 되는 거야"라며 지긋지긋하다는 표정을 지었다. 항상 지금 이 순간을 산다는 것이 그의 좌우명이니 과거를 파고드는 사람의 심리가 이해되지 않는 것도 알 만하다.

그렇지만 현수성 자신도 인정하듯이, 인과의 전후 관계를 해명하는 것은 두말할 것도 없이 환경이다. 그 같은 사람이 과거 얘기로 시달림을 당하는 것은 숙명이라 생각하고 받아들일 수밖에 없다.

현수성은 1956년 5월에 태어났다. 제주도에서 밀항해 들어온 아버지는 니시나리 구를 중심으로 여러 곳을 전전하며 살았다. 외국인 등록증도 주민증도 없었기에 일본 사회에서 살아가는 데에 많은 고난이 있었을 것으로 생각된다.

어머니는 재일 한국인 2세였다. 남자를 자주 바꿨던지라, 현수성이 초등학교에 올라갈 쯤에는 부모님이 별거 상태였다. 현수성은 어머니와 함께 살았으나, 어느 날 어머니의 애인에게 쫓겨나 아버지 쪽으로 옮기게 되었다. 아이를 지키지 못하는 마음 약한 여성이었냐고 묻는 나의 질문에, 현수성은 이렇게 대답했다. "그게 아니고, 남자가 좋은 거야. 아이보다 남자가 중요하다는 상담 사례는 엄청 많아."

그가 기억하는 가장 오래된 추억은 아버지와 어머니가 찻집에서 다투는 장면이다. 막 초등학생이 되었을 무렵이었다. "난 이제 못 하겠어. 당신이 키워." 전투기 장난감을 선물 받은 현수성은 오렌지 주스를 마시면서, 아버지와 어머니가 자신을 떠넘기는 것을 옆자리에서 보고 있었다. 시커먼 장마철 하늘에서 빗줄기가 떨어지는 날이었다고 한다.

현수성이 초등학교 때 가장 오래 살았던 곳은 '고양이 사냥촌'이라고, 거리에서 잡은 고양이의 가죽을 벗겨 무두질하는 곳이었다. 마을 이름만으로도 멸시를 당했다. 4학년 때부터 신문 배달을 했던 현수성은 고양이 도살장도 자주 지나쳤다. 그때는 위생 처리를 하는 시설도 없어서 핏물이 모두 강으로 흘러갔다. 그래서 그는 강물 하면 빨간색이 먼저 떠오른다고 말했다.

고상한 말만 할 것 같은 전통 샤미센[4] 예능인에게, 사는 곳 때문에 차별적인 언사를 들은 적도 있다. 일본 아이들에게 괴롭힘을 당하고 차별을 당한 적도 많았다고 한다.

하지만 정작 본인은 그런 대우를 냉정하게 관찰했던 모양이다. 그런 경험 때문에 슬프다거나 분했을 거라 짐작한다면 완전히 착각이다. 어릴 때부터 차별받던 현수성에겐 너무나 당연하고 평범한 일상에 불과했다.

아니, 오히려 그는 이 시절을 통해 사람의 좁은 시야를 객관적으로 바라보는 힘을 길렀던 것일지도 모른다.

그는 인간이 얼마나 좁은 틀 안에 갇혀서 일방적으로 세상을 바라보고 있는지를 계속 관찰해 왔다. 일본이라는 작은 사회의 바깥이 아니면 볼

---

4 일본의 전통적인 현악기. - 역주

수 없는 모습이 그에게는 보였던 것이다. 남의 평판, 사회적 지위, 명예, 권력에 대해 그는 놀라울 정도로 달관한 상태였다. 그런 것들 때문에 자신을 흩트리지도 않고, 확고한 자신의 판단 기준을 갖고 있다는 점이 흥미로웠다.

현수성의 아버지는 사방에 여자를 두었다. 다음 여자, 또 다음 여자를 찾아 계속 자리를 옮겼다. 아들을 귀여워하지도 않았고, 그때그때 기분에 따라 때렸다고 한다. 참다못한 현수성이 어머니를 찾아갔지만, 그곳에는 어머니의 기둥서방이 있었다. 때로는 그 애인에게 지져지는 등 학대를 당했다.

이하의 내용은 현수성을 인터뷰한 기록의 일부다.

녹취한 테이프를 받아 적는 동안 그의 원점이 명확해진다. 현수성의 원점에 있는 것은 허기와 갈증이다. 먹을 것에 대한, 그리고 아마도 본인은 의식하지 못했겠지만 ― 애정에 대한.

■ 2009년 어느 날의 인터뷰에서 발췌.

한순간이라도 애정이나 따뜻함을 느껴 본 적이 있었다면, 슬프다거나, 외롭다거나, 안타깝다는 기분도 느낄 수 있었겠지. 하지만 난 태어났을 때부터 그런 정을 단 한 번도 느껴 본 적이 없어. 부모의 정을 본 적도 느낀 적도 없는 인간은 그런 거 몰라. 애정이라는 개념 자체가 없어.

두리안[5]을 먹어 본 적 없는 사람에게 "두리안 완전 맛있어!"라고 설명

5 동남아시아 등지에서 나는 열대 과일. - 역주

해도 그 맛을 알 수 있을 리가 없잖아. 그거랑 똑같아. 두리안 같은 거 먹어 본 적도 없는 사람이 '아아, 두리안이 먹고 싶다. 못 참겠어.'라는 생각을 할 리가 있겠어?

부모에게 맞거나 혹사당해서 굶는 아이도 똑같아. 배가 불러 본 적이 없으면 공복이란 것 자체를 의식하지 못해. 그건 증오스러울 일도 아니고, 원망할 일도 아니야. 그냥 당연한 거야. 애란 건 다 그래. 필리핀의 쓰레기 산 속에서 태어났으면 그게 일상인 거야. 아프리카의 난민 캠프에서 태어났어도 그렇고. 아이는 어른보다 훨씬 적응력이 뛰어나거든. 스스로를 가축으로 인식하니까 가축의 삶밖에 모르는 거지.

그건 그다지 불쌍한 것도 아냐.

가끔 변덕스럽게 애정을 줬다 뺐다 하는 게 훨씬 더 힘들어. 그러면 애정에 엄청 집착하게 될 테니까. 하지만 다행히도 나에겐 그런 게 없었지. 그러니까 보이는 거야. 집착 없이는 살아갈 수 없는 인간의 약점이.

어릴 때는 뭐든 상관없으니까 잔뜩 먹었으면 좋겠다고 생각했어.

그때는 보통 순무 이파리, 배추 심, 돼지가죽, 소 목, 김치 같은 걸 냄비에 넣고 끓인 걸 먹었어. 소 목은 질겨서 이빨로 안 찢어져. 그래서 부엌칼로 왕창 두드려서 가늘게 폈지. 둥둥 뜬 돼지 지방이 굳으면 딱딱해서 젓가락도 안 들어가. 그런 걸 먹었던 거야. 그래도 냄비를 들고 있으면 뒤에서 누가 걷어찰 염려는 없으니까 시종 집안일을 했어. 내가 초등학교 들어간 무렵부터 계모가 연달아 애를 셋 낳았거든. 그 아기들이 먹는 양밖에 못 얻어먹었어. 계모에게 있어서 난 그냥 애보는 노동력이니까. 나귀나 염소랑 동급이지. 항상 배가 고팠어. 부모가 매실 장아찌의 씨까지 먹으라고 하길래, 이빨로 씨앗을 으깼더니 그 안에 땅콩 같은 것이 있더라고. 그걸 쪽쪽 빨았지.

애를 돌보면 간식을 훔쳐 먹을 수 있어서 좋아. 많이 먹으면 맞으니까, 계란과자 다섯 개까지만 몰래 입에 집어넣곤 했어. 근데 어느 날 계모한테 들켜서 뺨을 엄청나게 얻어맞았지. 얼굴이 팅팅 부을 때까지.

처음으로 물건을 슬쩍한 건 아마 초등학교 일이 학년 때였을 거야. 생과자 가게의 초콜릿 같은 건 쪼그마하니까 안 들키고 집을 수가 있거든. 나쁜 짓을 했다는 죄책감은 별로 없었어. 배가 고프니까 집어먹는 거지. 목숨이 걸린 문제라고.

과자 가게에서 훔친다면 눈깔사탕이 최고야. 오랫동안 입 안에서 굴릴 수가 있거든. 초콜릿은 금방 없어지지. 가루사탕은 못 써. 정말 눈 깜짝할 사이에 녹아 버리니까.

진짜로 먹고 싶은 건 빵이었는데, 초등학생이 빵집에 들어가면 딱 눈에 띄잖아. 그래서 슈퍼에서 슬쩍하다가 걸렸어. 예전에 육상했다는 젊은 경비원이 막 쫓아왔는데, 200m 정도 도망가다 결국 잡혔어. 뒤에서 무서운 속도로 쫓아오는 게 느껴지더라고. 아무래도 잡히겠다 싶었지. 편의점은 아직 없던 시절이야.

초등학교 2학년 때에는 말이야. 계모의 여동생이 가끔 어른이 없을 때를 틈타서 집에 왔어. 그러고는 내 앞에서 속옷을 벗고 다리를 벌리는 거야. 거기를 핥으라고. 핥으면 돈까스 사준다길래 시키는 대로 했어. 돈까스가 어떤 맛일지 궁금했거든. 응? 기분 나빴냐고? 바보 같은 질문이군. 인터뷰를 그딴 식으로 할 거면 그만둬. 그럼 그게 기분이 좋겠냐?

소풍 갈 때의 간식도 훔쳐서 마련했어. 용돈도 못 받는데, 텅 빈 가방을 메고 소풍이라니 자존심 문제지. 그래서 슬쩍한 것들로 채워서 갔어.

그날 밤 취한 아버지가 웬일로 말을 시키더라고.

"오늘 뭐했어?"

"소풍 갔어."

"과자 챙겼어?"

"……챙겼어."

"샀어?"

훔쳐서 가져갔다고는 말 못하잖아. 그래서 가만히 있었더니,

"돈은?"

결국 훔쳤다고 자백했다가 엄청 두들겨 맞았지. 그다음에는 두 팔로 나란히 시킨 다음에 철봉을 그 위에 얹어 놓더니 계속 서 있으라고 하더라고. 그래서 시키는 대로 했어. 억울하다는 생각은 안 들었어. 그게 일상이니까. 나의 평범한 일상이란 그런 거였어.

너무 배가 고파서 초등학교 4학년 때부터 신문을 배달했어. 천이백 엔을 받았는데 계모한테 천 엔 뜯겼고, 남은 이백 엔으로 오코노미야키를 사 먹었어. 그건 정말 천국의 맛이라 할 만큼 강렬했지. 훔쳐 먹을 때처럼 허둥지둥 삼키지 않아도 돼. 천천히 먹어도 돼.

게다가 오코노미야키는 뜨듯하거든. 뜨거운 건 훔칠 수가 없잖아. 지금 와서 생각해 보면, 따스함 그 자체에 끌렸던 게 아닐까. 아마도 나는 그런 온기 외에는 손에 넣을 수가 없었던 거야.

그 시절 먹는 것과 관련된 최고의 추억은 초등학교 2학년 때의 일인 것

같아. 담임 선생님이 나를 일주일 정도 자기 집에 재워 줬어. 그 선생님은 독신이었기 때문에 부모님과 함께 살고 있었지. 그때 처음으로 배불리 먹는다는 게 어떤 감각인지 느꼈어.

난 초등학교 때 자주 집에서 쫓겨났었거든. 아버지가 다른 여자 집에 가면 나만 계모 집에 남겨지는 거야. 그러면 여자는 점점 초조해하던 끝에 나한테 화풀이를 시작하지. 결국에는 나가서 니네 아빠 찾아오라고 소릴 질러. 하지만 어딜 갔는지 내가 알게 뭐야. 어쩔 도리가 없으니까 공원에서 노숙하는 거야. 그 시절엔 24시간 영업하는 가게 따윈 전혀 없었거든. 마을의 불빛도 하나 없고, 먹을 걸 찾아다닐 수도 없으니 공원의 수돗물로 배를 채웠지. 그러다 미끄럼틀 아래에서 잤어. 그러면 경찰서로 끌려가고, 보호자인 아버지도 그리로 불려 와. 그런 생활을 보다 못한 선생님이 날 맡아 준 거야.

꿈을 꾸는 것 같았어.

뭘 먹었는지는 잊어버렸지만, 매일 배불리 먹었어. 따뜻한 목욕물에도 들어갔고, 전혀 때리지 않는 거야. 집안일이나 애보기도 안 시켜. 밤에는 선생님이랑 같은 방에서 이불을 덮고 잤어.

그래서 애정을 느끼게 됐냐고?

그러게.

아아, 다른 녀석들은 이런 생활을 하고 있는 거구나 싶었지.

하지만 애정을 알게 된 건 아냐. 그래, 다른 녀석들은 이런 집에서 살고 있는 거야. 그러니까 다 약해 빠진 거구나. 그걸 깨달았어. 그럼 나는 절대 지지 않겠구나, 싸우면 반드시 이기겠구나 생각했어.

아버지가 다른 여자 집으로 옮길 때마다 나도 따라가잖아? 그게 새로운 내 환경이야. 이름도 동무도, 학교도 장소도, 가정도 바뀌어. 내 몸뚱아리 하나를 빼고 모든 것이 순식간에 달라져. 히라야마, 마에다, 마츠무라, 현, 스에나가……. 그게 다 내 이름이야. 새로운 집과 새로운 학교에 내던져지는 거지. 어디가 집인지, 누가 내 새엄만지, 그날 다 외우지 못하면 학교에서 못 돌아와. 그런 환경에 적응해야만 했어. 한국 학교, 조선 학교, 일본 학교를 전부 다녀 봤어. 일본 학교에서는 냄새난다고, 조센징은 꺼지라고 욕먹었지. 뭐 그런 말 들어도 아 그러냐 하고 흘려들으면 끝이야. 단, 폭력은 좀 달라. 그건 어떻게든 해야 돼.

여럿이서 때리면 이길 수가 없으니까 얌전히 맞아 주는 수밖에 없어. 대신 그날 밤, 녀석들이 흩어졌을 때 한 명씩 노리는 거지. 그 녀석들에겐 집이 있으니까. 긴장을 푸는 장소가 그놈들에겐 있다는 걸 나는 배웠으니까. 그러니까 집 앞에서 기다리면 돼. 놈들의 약점은 집이야. 어두워졌을 때 갑자기 집 앞에 나타나. 허를 찔린 놈에게, 먼저 경고부터. "귀찮게 굴지 마." 그렇게 말한 뒤에 자기 손바닥을 칼로 슥 그어. 그 손을 움켜쥐면 핏방울이 떨어지거든? 그 정도만 해도 대충 먹혀. 겁에 질려서 얼어붙거든.

그게 안 먹힌다 싶으면 뒤에서 벽돌로 내리치거나, 기르는 개의 눈을 철봉으로 찌르는 거야. 아니면 밤 열 시쯤에 초인종을 누르고 당당히 들어가서 베갯머리에서 버티거나. 요는, 미친놈이라고 생각될 정도로 임팩트를 줄 것. '저놈은 무슨 짓을 할지 몰라. 정말 사람을 죽일지도…….' 그런 생각을 하게 만들면 돼. 공포로 사람을 조종하는 거지.

밖에서 강한 척하는 놈일수록 약해. 놀랄 만큼 약해 빠졌어. 하지만 패거리와 같이 있을 땐 강한 척해야 하거든. 그러니까 필사적인 거지.

그러니까 집을, 가족과 있을 때를 노리는 거야.

거기서 사람은 모두 약해져. 그런 놈은 백 퍼센트 이길 수 있어. 그놈들은 따뜻한 집에서 보호받고, 응석 부리고, 배불리 먹거든. 하지만 나한텐 그런 게 없어. 스스로 배를 채우지 않으면 굶어 죽을 지경이지. 잘 때는 급소를 채이지 않도록 배를 보호하며 자야 하지. 다치건 병이 나건 방치되고, 맞을 때는 혀를 못 깨물게 재갈도 물렸어. 다쳤을 때 치료 못 받으면 인생 끝이야. 어떻게 하면 치명상을 안 입을 수 있을까 항상 궁리했어. 맞는 걸 피하려고 365일 내내 일했어. 일하고 있는 동안은 안 때리니까. 아니면 부모 눈에 안 뜨이도록 계속 도망쳐 다니거나.

질 리가 없어. 가족이 지켜 주거나 돌봐 주는 놈 따위에겐 절대로 안 져. 세 보이던 놈도 혼자일 때 협박하면 오줌까지 찔끔거리더라고. 뭐야, 강한 것 같던 놈도 결국 이 정도구나 생각했지.

현수성의 유년기는 다소, 혹은 상당히, 특수했는지도 모른다.

동정은 얼마든지 할 수 있다. 굉장한 유년기를 보냈다며 놀랄 수도 있을 것이다. 그러나 모든 것에는 양면이 있다.

현수성의 말에 따르면, 보통 사람들은 풍족한 가정에 태어나 고학력에 고수입을 누리면서도 시종 스트레스에 시달린다. 하지만 자신은 상당히 강인한데다 어디든 원하는 곳에 날아가서 생활할 수 있는 '자유'를 얻었다는 것이 그의 주장이다.

백 년 전에는 현수성처럼 산 인간이 얼마든지 있었다. 그들은 뭔가를 원망하지도 않은 채 듬직하게 묵묵히 '살아' 가지 않았을까. 삶의 의미 따 위 찾지 않아도, 마음보다도 몸이 먼저 생을 원하고 있었으리라.

일본이 풍요로워지면서 편리함의 대가로 인간 본능의 어딘가를 상실 해 가고 있을 무렵. 그는 땅바닥에서 기는 생활을 하고 있었다. 모두들 자 기 삶의 지휘권을 회사에 바치고 양 떼처럼 보호받길 원하던 시대였는데.

국적에 대한 차별, 살고 있던 마을, 가정 환경. 그 모든 것으로부터 버 림받음으로써 현수성은 단련되었다.

그의 이야기를 들으면서 한 가지 의문이 들었다.

"어릴 적 환경이 가슴에 상처로 남아서 자존감이 심하게 낮거나, 자해 혹은 학대를 하게 되는 사람이 있다고 합니다만."

작정하고 물어봤지만, 이 질문에는

"그런 사람도 있다더군." 이걸로 끝이었다.

이전에, 자살 충동을 상담하러 온 사람에게 현수성이 한 말이 있다.

"당신, 고민하는 문제의 수준이 너무 낮아. 코딱지만 한 고민 가지고 죽으려 드는구먼. 죽고 싶으면 마음대로 하시라고 말해 주고 싶다고. 진 짜로 죽을 거면 우리한테 생명 보험 들어 줘. 여자면 건너편 가게에서 몸 팔아서 돈이나 좀 주고 가. 괜찮잖아? 어차피 죽을 건데. 아, 갈 거면 시신 기증 카드에 사인하고 가지?"

다른 사람이라면 도저히 말할 수 없는 얘기다. 현수성은 그 사실을 잘 알고 있다. 그가 말하니까 설득력이 있는 것이다. "다른 사람들은 대놓고 코딱지만 한 고민이라고는 절대 말 못 하겠지"라며 웃었다.

그는 알고 있는 것이다. 사실은 조그만 돌멩이밖에 안 되는 고민에 넘어져서 쩔쩔매고 있는 사람들은, 자신의 불운을 탓하고 있는 한 한 발짝도 나아갈 수 없다는 사실을.

현수성이 무슨 의도로 저런 독설을 퍼붓는지, 나도 당시에는 깨닫지 못했던 모양이다. 그래서였을 것이다. 나는 그에게 어째서 남을 도와주는 거냐고 물어보았다.

그가 대답했다.

"쪼잔한 고민 가지고 죽느니 사느니 하고 있기 때문이야. 사람을 돕는다기보다는 개구리 돌 치워 주기 같은 거지. 자비라고 해둬. 그런 간단한 동기면 됐잖아. 뭐 이런 걸로 감사하냐고. 죽을 거면 맘대로 하시고, 고민도 맘대로 해. 난 누가 죽건 힘들어하건 가렵지도 않아. 하지만 온 힘을 다해 살고 싶은 사람이 온다면 전수해 줄 작정이야. 살아갈 수 있는 방법을. 그것뿐이야."

비명 지르는 방법

2003년 1월 2일 늦은 오후였다. 구호센터에 찾아온 방문자가 있었다.

문을 콩콩 두드리는 소리가 현수성을 불렀다. 24시간 문을 열어 두고 있는 이곳에서 말없이 노크를 하다니 드문 일이었다. 현수성은 일어나 입구 쪽으로 갔다.

"오, 안녕하세요. 상담할 거 있나?"

거기에 서 있는 것은 20대의 여성이었다.

"왜 그래?"

그녀는 서둘러 주머니에서 펜과 메모지를 꺼내더니, 종이에 뭔가를 적었다. 현수성은 그것을 읽었다.

'귀가 안 들려요.'

현수성이 얼굴을 들어 그녀를 쳐다보자, 여성은 고개를 끄덕였다.

"뭐, 일단 들어와 앉아."

손짓으로 그녀를 사무실 구석의 상담 코너로 안내했다. 그녀를 의자에 앉힌 후 맞은편에 앉은 현수성은 책상 위의 펜을 들어 필담을 시작했다.

'무슨 일이야?'

그녀는 손짓으로 배를 둥그렇게 부풀려 보였다.

'임신?'

그녀는 작게 몇 번 고개를 끄덕였다. 생리가 멈추고 두 달이 지났으니 아마 임신이란다.

'애 아빠는?'

그 질문을 받은 여성이 두 번 고개를 저었다.

'누군지 몰라?'

외로운 듯이 웃은 그녀가 펜을 들어 올렸다.

'가게의 손님들에게 강간당했어요. 여러 명에게.'

그녀의 직장은 중국인이 경영하는 중국 마사지샵이라고 한다. 중국 마사지샵에도 여러 종류가 있다. 표면적으로는 그냥 지압해 주는 곳이지만, 추가 금액을 내면 성적 서비스를 제공하는 가게도 있는 모양이다.

그녀도 성적인 마사지를 해주는 것을 생업으로 삼고 있다. 이른바 '숙식 제공'을 한다는 가게에서 일하고 있었다. 하루 열두 시간 일하면서 실제로 받는 금액은 4천 엔. 숙박료, 식대를 가게에 뜯기고 심지어 수건 값마저 제해야 한다.

그러나 말을 할 수 없는 그녀로서는 불평할 수 없다. 피임도 안 한 손님이 덮쳐도 비명조차 지를 수 없었다.

그녀는 어릴 때부터 부모님과 헤어져 보육 시설에서 자랐다. 남자 직원의 성추행을 견디다 못해 그곳을 뛰쳐나왔다고 한다. 그러나 장애가 있는데다 보증인도 의탁할 곳도 없는 그녀가 제대로 된 직장을 찾을 수 있을 리 없었다. 결국 가부키쵸에 흘러들어 와 마사지샵에서 일하게 되었다.

'어쩌고 싶어?'

현수성이 물었다.

그녀는 각오를 굳힌 표정으로 글을 꾹꾹 눌러썼다.

'떼고 싶습니다.'

펜은 계속 움직였다,

'하지만 돈이 없어요. 가게가 낙태 비용을 내줬으면 해요.'

이미 가게에 요청했으나, 그런 일은 금시초문이라며 네가 멋대로 한 일에 왜 돈을 내야 하느냐고 했단다. 중절하고 싶으면 스스로 해결하라며 가게에서 떠밀린 그녀는 길거리에서 갈 곳을 잃고 헤매야 했다.

'텔레비전에서 현 소장님을 본 일이 있어서요. 분명 가게와 담판을 지어 주실 거라 생각했어요.'

필담으로 조용히 이야기를 나누면서, 현수성은 평소와 달리 냉정할 수 없는 자신을 발견했다고 한다. 어른의 신상 문제라면 태연히 상대할 수 있지만, 상담자의 배 속에 아기가 있다면 얘기가 다르다.

이 아이가 세상에 태어난다면 어떻게 될 것인가?

이대로 태어난다 해도 환영받지 못한다. 사랑받고 자랄 수 없는 아이가 될 뿐이다.

이 조용한 동요는 자신의 과거 때문이라는 것을 현수성 본인도 잘 알고 있었다.

"여자는 아무래도 좋아. 자기 맘대로 살면 돼. 하지만, 아이는 달라. 그런 아이가 세상에 태어나면 어떤 삶을 살게 되겠어. 그렇게 살 바엔, 태어나선 안 돼. 다른 녀석들은 할 수 없는 얘기겠지만, 난 할 수 있어. 그런 아이는 낳아선 안 돼."

의자에서 상반신을 일으킨 현수성은 글을 갈겨썼다. 약간 흥분했는지 글자가 비스듬히 쓰러진다.

'받아 주지. 이십만 엔이면 되지? 기다려.'

그때는 말이야. 내가 비명 지르는 방법을 알려 주지, 그렇게 생각했어.

현수성은 그렇게 회상했다.

그녀의 눈앞에서 수화기를 집어 든 뒤 마사지샵의 중국인 영업자에게 전화를 걸었다.

"여어, 가부키쵸 구호센터의 현수성입니다. 말 못 하는 여자분이 우리 쪽에 도움을 요청했는데요."

상대는 아마도 가게 사장인 듯했다. 유창한 일본어 사이로 중국어 억양이 섞여 들렸다.

"당신, 강간당한 걸 못 본 척했다며? 그럼 낙태 비용 정도는 내줘야지. 설마 못 내겠다고는 말 안 하겠지. 어쩔 셈이야? 이게 소문나면 바로 조사 들어갈걸?"

상대방은 오사카 사투리로 밀어붙이는 현수성의 험악한 태도에 압도된 모양이었다. 이 사람은 이길 수 없다. 앞으로 귀찮아질 것 같다. 그런 생각이 들게 만드는 태도 자체가 하나의 기술인 것이다.

교섭 결과, 여자가 구호센터에 오고 나서 불과 이틀 뒤에 가게는 이십만 엔을 토해 냈다. 그녀는 그 길로 낙태하러 갔다고 한다. 이쪽도 마찬가지로 어둠의 루트. 보험 없이도 낙태해 주는 병원이 어디인지 그녀들은 다 알고 있다.

후생노동성의 발표에 따르면 2008년도 중절 수술의 신고 건수는 24만 2292건. 모체 보호법 14항 2조는 강간 임신을 중절할 권리를 인정하고 있다. 그러나 이 수치를 곧이곧대로 믿는 사람은 없을 것이다. 실제로 얼마나 많은 낙태 수술이 진행되는지는 알 수 없다.

그로부터 닷새 후의 일이다. 또다시 문 두드리는 소리가 났다. 그곳에는 완전히 처리를 끝낸 그녀가 서 있었다. 현수성의 얼굴을 보더니 고개를 숙이며 감사의 뜻을 표한다. 하지만, 볼일은 그것만이 아닌 듯했다.

'무슨 일이야?'

현수성이 필담으로 묻자,

'해고됐어요.'란다.

어떤 일을 하고 싶으냐고 묻자, 윤락 업소가 좋겠다는 대답이 돌아왔다. 보증인도 없고 장애 때문에 평범한 일은 할 수 없는 그녀에게 선택 가능한 직업군은 몇 개 없었다. 윤락 업소 중 좀 가벼운 곳에서 일하면서 돈을 모은 뒤, 언젠가 자기 가게를 내고 싶다고 그녀는 종이에 적었다.

현수성은 그런 일은 관두라고 말하지 않았다.

"무슨 직업을 갖든 별로 상관없잖아. 윤락 같은 건 관두라고 말하면 종사자들에게 실례라고."

그녀는 어디서 받아 왔는지 윤락 업소 구인지를 내밀더니, 구체적으로 어떤 일을 하는지 가르쳐 달라고 부탁했다. 현수성은 그녀가 원하는 대로 윤락업의 ABC를 가르쳐 주었다. 나가요며, 출장 마사지며, 터키탕이며…….

'당신에겐 대딸방이 좋겠군. 젖꼭지 주물주물은 당하겠지만 키스는
안 해도 돼. 입도 안 쓰고 물론 삽입도 없어. 손으로 처리해 주는 것뿐이
야. 당신은 몸매가 좋으니까 괜찮을 것 같은데, 어때?'

여자는 고개를 끄덕였다. 그 가게는 수입의 40%를 받는다고 하니 한
번에 육천 엔, 손님을 다섯 사람 받는다고 치면 하루 삼만 엔 정도의 수입
이 생긴다.

그녀의 장애인 신분증으로 성인임을 확인한 현수성이 대신 전화를 걸
었다.

"신주쿠 구호센터 현수성인데, 시설에서 도망친 사람이 와서 말이야.
지금 그리로 면접 보러 갈 테니 잘 좀 봐줘. 실은 사정이 있어서 말이야.
소릴 못 들어. 그치만 그 일하는 데 말은 필요 없잖아? 꽤 나이스 바디야.
쓰리 사이즈도 끝내준다고. 일단 한번 만나 봐."

그녀는 그 후 전화했던 가게에 채용되었다.

그 외에도 정신 장애가 있는 여성이 임신했다며 찾아온 적도 있었다고
한다. 그녀는 몸 파는 일에 아무런 저항감이 없었던지, 거리에서 손님을
유혹해 그날 밤 잠자리를 해결하며 살았단다. 자신을 지키는 방법에 대
한 지식도 없고, 누구의 아이인지도 모르는 채 임신해 버렸다. 벌써 6개
월이 지난 지라 낙태도 어려웠다.

"아기는 중국인이 맡아 주겠다고 했으니 괜찮아요."

근심하는 기색도 없었다.

그러나 현수성은, 그 중국인이 호적 취득용 인신매매를 위해 아기를

원하는 게 아닌가 의심하고 있었다. 그런 정체도 알 수 없는 루트로 넘겨진 아이의 안전은 보장받을 수 없다. 현수성은 아이의 일이라면 태도가 딴판이 된다.

현수성은 그 여성을 데리고 동사무소로 직행했다. 장애자의 보호를 담당해야 하는 것은 본래 동사무소라는 것을, 그는 잘 알고 있었다. 현수성의 설득에 따라 동사무소는 그녀의 보호에 나섰고, 태어난 아기도 보육 시설로 들어갔다.

"아기를 보러 안 가시나요?"

그렇게 묻자, 갑자기 잠에서 깬 것처럼 그의 눈이 원래대로 돌아왔다. 무슨 소리를 하느냐는 듯이 얼굴을 찌푸린 현수성이 말했다.

"왜? 왜 내가 가는데? 애 아빠도 아니고, 나랑 상관없잖아."

혼자만의 제국

"야, 이토!"

이른 아침, 아침 안개로 둘러싸인 광장. 신문 배달 자전거를 탄 초등학생이 고양이 가죽을 벗기는 중년 남자를 소리쳐 불렀다. 그러나 남자는 귀가 들리지 않는다. 돌아보지도 않고 일에만 열중하고 있다. 그러나 초등학생, 아니 현수성은 그가 듣건 말건 상관없이 그 앞을 지나치며 차례차례 신문을 던져 넣었다. 그의 하루는 그렇게 시작했다.

현수성은 단 한 번에 배달할 집을 전부 외웠다. 학교 수업은 전혀 따라가지 못했지만, 일에 대해서는 놀라우리만큼 이해력이 뛰어났다. 사냥하며 살아가는 부족이 단번에 길을 기억하는 것처럼, 일에 대한 암기력은 그가 살아남기 위한 필수 조건이었다.

아버지를 따라간 거처에서 집안일이나 애보기를 맡는 것은 학대당하지 않기 위한 그의 생존 전략이었다. 새로운 집에서 사람의 눈치를 보고 자신이 뭘 하면 좋을지 파악하는 것. 우물쭈물할 여유 따윈 없었다. 필사적으로 그 환경에 녹아들었다.

죽는 건 쉽다. 하지만 살아가는 것은 어렵다. 그러니 살아남겠다. 살아남아 주겠다.

그렇게 결심한 것이 아마 초등학교 2학년 때라고, 현수성은 회상했다.

초등학교 4학년 때는 이미 도둑질이 하루 일과로 정착한 상태였다. 소위 문명사회라는 데서 혼자 사냥하며 살았던 셈이다. 사냥에 성공하기 위해서는 만만한 사냥감을 골라야 한다. 이웃 마을의 노인이 경영하는 가게, 경비원도 고용할 수 없는 영세한 점포를 노렸다. 먹을 것을 훔치면, 다리에 힘이 들어가지 않는 노파가 분노와 슬픔이 섞인 표정으로 현수성을 노려보며 비척비척 쫓아오곤 했다. 그를 뿌리치려는 듯 달렸다. 등이 굽은 노파의 모습은 순식간에 등 뒤에서 사라져 갔다.

어때, 쉽지!

그에게 있어서는 다치지 않고 안전하게 먹이를 잡아 온 것에 불과했다.

전학 간 곳에서 애들이 괴롭히면 무자비한 복수를 가했다. 미에 현의 학교에서 있었던 일이다. 집요하게 따라붙는 남자애의 머리를 붙잡아 벽으로 끌고 갔다. 상대가 놀라 소리칠 틈도 없이, 우툴두툴한 벽에 머리를 밀어붙인 채 아래로 부욱 내리그었다. 누가 말릴 새도 없이 순식간에 일어난 일이었다. 손을 놓자 쓰러지는 아이의 얼굴에서 엄청난 핏물이 솟아났다. 반 아이들이 비명을 질렀다. 상대의 턱 부근에 난 분홍색 상처를 들여다보면 살갗과 살덩이가 갈려서 하얀 뼈가 비칠 정도였다고 한다. 반 아이들은 모두 힉 하고 숨을 들이마시며 현수성에게서 떨어졌다. 두려움에 찬 목소리로 이 자식은 미쳤다고 속삭였다.

막 전학 온 현수성에게 다정하게 대하던 담임 선생님마저도 멸시와 공포가 섞인 눈으로 그를 바라보았다. 쓰러진 아이를 치료하면서 갈라진 목소리로 현수성에게 물었다.

"왜? 왜 이렇게까지 했어?"

그러나 당시의 현수성에게는 죄책감 따윈 병아리 눈물만큼도 없었다. 오히려 두려운 존재가 되는 것을 노렸다. 그 자리에 있던 아이들을 노려보면서 속으로 중얼거렸다.

'이제 날 괴롭힐 놈은 없겠군.'

당연히 눈살을 찌푸릴 일이다. 잔혹한 짓이다.

그러나 도덕이나 윤리는 그에게 밥을 먹여 주지 않았다. 부당한 폭력에서 보호해 주지도 않았다. 살아남기 위해서는 나 자신의 법을 찾아내야만 한다. 자신을 보호할 수 없는 사회의 규칙 따윈 지킬 필요가 없었다. 그런 규칙 따윈 역사와 시대에 따라 얼마든지 바뀌는 것이니까.

"좋고 싫고가 어딨어. 살아야 한다는데."

일본도 바로 얼마 전까지 그렇게 살지 않았던가. 전쟁 중에는 사람을 많이 죽일수록 칭찬받았을 것이다.

그러나 그에게도 단 하나의 규칙이 있었다. 절대 먼저 싸움을 걸지 않는 것. 상대가 도발해도 웬만큼 심하지 않으면 응하지 않았다. 그것이 그의 자존심이었다.

싸우다 다쳐도 그는 외톨이였다. 항상 집에서 쫓겨나 찬바람 속에서 잠을 청하지만 혈육인 부모마저 그를 외면했다.

아무도 데리러 오지 않는 공원 미끄럼틀 아래에서 빌린 학교 책을 읽었다. 추위로 곱은 손가락 끝은 말라붙은 피로 새까맸고, 넘기는 페이지

마다 엷은 갈색 지문이 남았다. 드러난 허벅지에 크고 작은 내출혈의 흔적이 있었지만 이미 익숙해진지라 신경 쓰지 않았다. 무릎 위에 올려놓은 책은 차가운 바깥 공기에 비해 조금은 따뜻했다. 종이에도 온기가 있구나, 하고 생각했다.『걸리버 여행기』,『로빈슨 크루소』,『시튼 동물기』. 읽기만 하면 상상의 세계가 펼쳐졌다. 모험과 여행이 있었다. 더러운 몸을 움츠려 스스로를 껴안았다. 물만 마시면 배가 채워졌다. 먹을 게 하나도 없으면 공원의 수도꼭지 아래서 입을 벌렸다.

자기 연민에 빠질 새가 없었다. 훔쳐 먹지 않으면 굶어 죽거나 영양실조로 병에 걸릴 것이다. 학교의 왕따가 되는 것도 그렇다. 누구 하나 지켜주는 사람도 없는데 아이들이 한꺼번에 덤벼들면 치명상을 입는다. 병원은 꿈도 못 꾸고 몸을 웅크린 채 낫기만을 기다리는 현수성에게 있어, 그것은 목숨이 걸린 문제였다. 그래도 눈빛만은 살아 있었다. 혼자서 훔치고, 혼자서 살아간다. 그에게는 그 나름의 대의가 있었던 것이다.

"생존을 위해 훔치는 게 뭐가 나빠. 아무것도 안 하면 그냥 죽는데. 도덕도 윤리도 뭐 하나 도움이 되지 않는 상황에서 야생 동물처럼 훔쳐 먹으면서 자기만의 규칙을 세웠던 거야. 그 외에 뭘 할 수 있었겠어. 살아남는 유일한 방법을 택한 것뿐이야. 후회 따윈 전혀 안 해."

그러던 현수성에게 어떤 사건이 일어났다.

계모의 학대에 견디다 못해 가출했을 때의 일이다. 어두운 공원에서 혼자 자고 있는데, 낯선 중년 여인이 다가오는 것이 가로등 불빛에 흐릿하게 보였다.

무슨 볼일인가 싶어 쳐다보고 있자니, 미끄럼틀 아래의 현수성을 내려다보던 그녀가 뭔가 말하려는 듯 미소 지었다. 그러고는 지갑을 열어 동전 하나를 꺼냈다.

백 엔이었다. 그것은 거리의 희미한 불빛 속에서 새파랗게 빛나고 있었다.

그녀는 그것을 현수성의 눈앞에 내밀었다.

"가엾게도. 뭔가 사먹으렴."

그렇게 말하더니 손 안에 동전을 쥐어 주었다.

그는 이제까지 아무렇지도 않게 먹을 것을 훔쳤다. 때로는 자동차를 털기도 했다.

그러나 현수성은 지금 동전을 손에 쥔 채 어두컴컴한 공원 한 구석에서 작은 주먹을 부들부들 떨고 있었다.

그의 심정 따위는 알지도 못하고 만족스러운 듯이 다시 돌아가는 여인의 뒷모습을 바라보며, 뱃속에서 뭔가가 끓어올랐다.

왜? 왜 돈 따윌 주는 거야? 난 거지가 아냐. 이딴 걸 받으면 무너져. 내가 이제까지 해온 것들이 전부 무너져 버린다고.

그 여자는 완전히 착각하고 있었다. 그는 동정받는 존재가 아니었다. 자신의 규칙에 따라, 자신의 힘으로 생명을 이어 가기 위해 온 힘을 다해 노력하고 있었다. 다른 사람들의 규칙에 비추어 볼 때 어떻건 간에, 그 자신의 안에는 확고한 원칙이 있었다.

그의 가슴 속에서, 그는 혼자만의 제국을 지배하는 긍지 높은 왕이었다.

이 좁디좁은 사회에서 벗어난 적이 없는 그녀에게 보일 리가 없었다. 같은 마을과 시대 속에 존재하는 그가, 자신만의 원칙에 따라 살고 있다는 사실이. 아니, 그녀로서는 이 작은 나라의 상식이 통하지 않는 다른 세계가 존재한다는 것조차 상상할 수 없으리라. 그러니 안이하게 동정하고, 안이하게 돈을 던져 주는 것이다.

이 여성의 행동은 현수성의 긍지에 상처를 입혔다. 지금도 그의 기억 속에는 그날의 굴욕이 뚜렷하게 새겨져 있다. 그런 사정 때문인가, 현수성은 아무리 비참한 상황에 놓여 있는 사람이라도 절대 동정하는 기색을 보이지 않는다.

그는 내게 이렇게 말했다.

"혹시 누군가를 동정한다면 평생 돌봐 줄 각오로 해. 구해 주고 싶다면 평생 같이 있어 주고. 못 하겠지? 못 하겠다면 그런 어중간한 동정은 하지 마. 그게 얼마나 잔인한 짓인지 잘 생각해 보라고."

듣는 사람의 마음을 뒤흔들 정도로 낮게 울리는 목소리였다.

어린 시절 현수성이 가장 원했던 것은 '자유'였다. 훔치다 들키면 경찰에게서 연락받은 아버지가 왔다. 애가 어찌되든 신경도 안 쓰고 멋대로 사는 아버지지만, 경찰의 호출에는 안 나올 수가 없는 모양이다.

경찰서에서는 얌전히 이야기를 듣고 머리를 조아렸다. 하지만 집에 오면 현수성에게 엄청난 폭행을 가했다. 어른의 발이 힘껏 걷어차면 초등학생의 몸뚱이 같은 건 방 너머까지 날아가 벽에 처박힌다. 현수성의 조그마한 긍지도 정의도, 책을 읽으며 얻은 모험심도 성인의 압도적인 힘 앞에 산산조각이 났다. 퍽, 퍽 하고 차일 때마다 아찔해지는 충격 다음에는 벨트 버클이 기절할 때까지 날아들었다. 뺨과 허벅지가 불에 덴 것처럼 아팠다. 벨트의 궤적이 천장에 달린 알전구에 반사될 때마다 아버지의 그림자가 낡은 벽 위에서 흔들렸다.

현수성의 눈으로 본 이 세상은 그야말로 약육강식의 세계였다. 가게의 노파나 반 아이들은 약자, 그리고 아버지는 강자였다. 훔쳐서라도 먹지 않으면 죽는다는 사정 따윈 들으려고도 하지 않았다. 아버지는 그저 경찰에 불려 간 것이 짜증 나서, 들러붙는 아이를 때릴 뿐이었다. 거기에는 교육을 위한 학대 따위는 없었다. 작은 아이와 커다란 어른. 무력했다. 배를 맞지 않도록 팔로 감싸고 옆으로 누워 있을 수밖에 없었다. 발에 차일 때마다 등과 팔이 충격을 받았다. 배를 보호하느라 웅크리면 머리채를 잡혀 다다미 위로 끌려다녔다. 그때마다 어린 피부에 생채기가 수없이 생겼다.

맞을 때에는 아무런 생각도 들지 않았다. 태풍을 만난 작은 배처럼 그저 시간이 지나기만을 기다렸다.

그리고 모든 일이 끝나 잠잠해진 밤. 아버지와 계모, 그 사이의 아이들이 사이좋게 자고 있는 방의 언저리에 걸레 조각처럼 늘어져 있던 현수성의 마음에 피어오르는 것은 '자유'를 향한 갈망이었다.

빨리 어른이 되고 싶다. 어떤 나쁜 짓을 하든 상관없으니, 부모에게 맞지 않게 자유로워지고 싶다.

초등학생이었던 그에게는 아직 조금 더 시간이 필요했다.

현수성의 정신은 상당히 튼튼했다. 폭행당한 끔찍한 기억을 금방 잊어버릴 정도로 살아가는 것에 필사적이었다고 하니, 그의 정신 건강에는 차라리 다행이었을지도 모른다.

하지만 육체의 상처는 얼버무릴 수 없었다.

학교 화장실에서 함께 소변을 보고 있던 반 아이가 옆에서 깜짝 놀라 소리를 질렀다.

"야, 너 오줌에 피 나와!"

그 아이의 놀란 얼굴을 본 현수성은 자신의 오줌 줄기로 시선을 돌렸다. 피가 나올 만도 하다는 생각이 들었다.

병에 걸렸는지도 모르지만, 부모건 선생이건 병원에 데려가 줄 리 없다는 걸 그는 알고 있었다.

마음보다도 몸이 먼저 부담을 못 견뎌 비명을 지르기 시작할 무렵, 현수성은 초등학교 5학년이 되었다.

가해자와 피해자

1

2007년 어느 날의 일이었다.

"현 소장님, 좀 도와주세요. 다른 사람에겐 할 수 없는 얘기예요."

몹시 어질러진 가부키쵸 구호센터에 20대의 직장 여성이 찾아왔다. 어떤 남자가 자신을 스토킹한다는 것이 그녀의 고민거리였다.

스토커 규제법이 시행되기 시작한 것은 2000년. 스토킹은 법률로 금지되어 있다. 하지만, 현수성이 언제나 말하듯이 '법률은 약한 사람을 위해 있지 않다. 나쁜 사람을 위해서도 아니다. 법률은 아는 사람을 위한 것'이다. 법에는 반드시 샛길이 있다.

상담자는 40대의 남자와 원조 교제를 했었다. 과거 수년에 걸쳐 약 2백만 엔의 금액을 '대가'로 받았다. 원조 교제라고 하면 어감은 부드러울지 모르지만 결국은 지속적으로 매춘을 했다는 얘기다.

회사 사장이었던 남자는 그녀에게 쓰는 돈의 사용처가 불분명해지는 것을 피하고 싶었던 모양이다. 그래서 표면적으로는 돈을 빌려 준 것으로 해달라며 그녀에게 매번 차용 증서를 쓰게 했다. 단순히 편의상의 사무 절차라고 생각한 여자는 부담 없이 차용증에 서명했다.

그런데 어느 날 그녀에게 연인이 생겼다. 그녀가 원조 교제를 그만두어야겠다고 마음먹자, 자상하던 남자는 불같이 화를 냈다. 남자 입장에서 보면 그렇게 많은 돈을 쏟아부었는데 뻔뻔스럽기 짝이 없다고 생각할만도 하다.

"간단히 헤어질 수 있을 거라 생각하지 마!"

남자는 상담자에게 협박 문자나 알몸 사진을 보내는 등 집요한 스토킹을 시작했다.

하지만 그녀에게는 스토커 규제법에 보호받을 수 없는 사정이 있었다.

바로 차용증이었다. 남자는 돈을 받아 낸다는 명목으로 그녀에게 접근하고 있었던 것이다. 빚의 변제를 요구하는 거라면, 경찰은 민사 불개입 법칙에 의거해 그의 접근을 막을 수 없다. 이리하여 남자는 당당히 그녀에게 스토킹할 수 있었다.

게다가 그녀 역시 매춘을 했다는 떳떳하지 못한 입장이어서 경찰에 신고하기 어려웠다.

"돈을 갚아!"

그러면서도 알몸의 사진을 이웃과 직장에 뿌리겠다며 돈을 안 갚으면 죽인다고 협박했다. 제일 신경 쓰이는 것은 '네 애인에게도 사진을 보내 주지'라는 내용이었다.

"현 소장님, 어쩌죠? 전 이제 도망칠 구석이 없어요."

상담자의 얼굴이 새파랗게 질려 있었다.

"어쩔 수가 없다고 생각하면 안 돼. 반드시 방법은 있어. 당신이 각오하기만 한다면."

"각오?"

"그래, 각오."

"……하고 싶지만요……."

자신이 했던 행위가 그녀를 옭아매고 있다. 알몸으로 사진을 찍게 놔둔 경솔한 과거를 지울 수만 있다면 지우고 싶다며 그녀는 고개를 떨구었다.

"오랫동안 그 사람과 사귀었다며. 상대의 심리를 읽어."

"생각해 봐도 답이 없어요. 그 사람은 끈질기거든요. 틀림없이 날 평생 따라다닐 거예요."

여성의 얼굴이 일그러졌다.

"이젠 끝장이에요. 빚을 갚을 만한 돈도 없고, 이대로는 애인한테도 제 과거를 들키게 될 거예요. 회사도 그만둬야 할 거고, 평생 결혼조차 못할지도 몰라요."

말하면 할수록 자신의 말에 짓눌린다.

"아직도 당신한테 협박 문자가 와?"

상담자는 가방에서 핑크색 휴대폰을 꺼내 매니큐어가 칠해진 손톱으로 폴더를 열었다.

"여기……."

핸드폰에는 남자의 분노가 느껴지는 문자가 들어 있었다.

'네가 원조 교제 했다는 사실을 회사의 상사에게 폭로할 거야'

그것을 들여다본 현수성은 미소를 지었다. 원조 교제로 인정한다는 증거를 남긴 거잖아. 나쁜 놈이래 봤자 요런 수준의 초보일 뿐. 손가락을 잘못 놀렸어.

"이 문자를 가지고 경찰에 가서 사실대로 말해."

"예? ……그렇지만……."

"괜찮아. 혹시 무슨 일이 생기면 내가 뒤처리할 테니까. 이럴 땐 강하게 나가야 해. 차용증 좀 볼 수 있어?"

"여기요."

그녀가 보여 준 차용 증서에는 정기적으로 10만 엔씩 빌려 줬음을 알 수 있는 날짜가 기록되어 있었다. 몇 년 치나 된다.

그것을 본 현수성은 고개를 끄덕였다.

"잘 생각해 봐. 원조 교제라는 말이 문자에 남아 있지. 네 사진을 공개하겠다고 협박도 하고. 그리고 무엇보다 차용 증서의 날짜가 이상하잖아. 정기적으로 네게 돈을 건네주고 있어. 생각해 봐. 어째서 이 남자는 이렇게 묵은 빚을 돌려받으려고 하지 않지? 이상하잖아. 예전 빚도 갚지 않는 사람에게 어째서 10만 엔씩 계속 빌려 주는 거야? 상식적으로 생각해도 원조 교제의 대가라는 설명이 설득력 있겠지."

"아, 정말! 그러네요. 그렇지만, 그래도……. 경찰에 이걸 가져가면 매춘 혐의로 체포당할 거예요. 게다가 남자가 이성을 잃고 제 사진을 뿌리면……."

현수성은 보다 낮은 소리로 말했다. 조용한 말투였다.

"최악의 사태를 상상하게 하면서 겁을 주는 건 나쁜 놈들의 전형적인 수법이야. 그런 말에 놀아나면 지는 거야. 당신, 앞으로도 계속해서 이 남자에게 협박당하면서 살 거야? 그렇게 평생 이 남자의 노예가 될 거야? 맞서겠다는 각오를 해야지. 약자인 채 안주하면 안 돼! 가장 소중한 것은 자유야."

"자유……."

"그래. 자유. 벌벌 떨면서 남친하고 사귀어 봐야, 살아 있는 것 같은 기분이 들 리 없잖아. 싸워야 할 땐 싸우겠다, 그런 의연한 태도가 필요해. 자유롭게 살고 싶지 않아?"

그녀는 한동안 침묵했다. 둘 중 하나를 선택해야 한다. 만약 경찰에 출두했다가 남자가 이성을 잃고 사진을 뿌리면, 사회적 신용도 지금 교제하는 애인도 잃을지 모른다. 그러나 이대로 내버려 둔다면 협박이 그치긴커녕 머지않아 섹스까지 강요당할 것이다. 그렇게 협박의 재료가 늘어만 간다.

상담자는 얼굴을 들었다.

"하겠습니다. 이렇게 계속 협박당해서는 살아 있다는 기분이 들질 않아요."

"그거야. 그런 각오야. 그런 용기만 있다면 걱정할 필요 없어."

상담자는 그 길로 바로 파출소에 가서 신고를 했다. 나에게는 모 아니면 도로 보였지만, 결국 그녀는 이겼다.

남자는 설마 신고하진 못할 거라고 확신했던 모양이다. 경찰에게 연락을 받고 당황한 그는 경찰관 앞에서 그녀에게 다가가지 않겠다고 맹세했다. 매춘 행위에 대해서는 조사받지 않았다. 결국 그녀는 차용 증서를 돌려받는 조건으로 신고를 철회했다.

젊은 상담자의 싸우겠다는 용기가 그녀 자신을 구한 것이다.

하지만 그녀를 경찰에게 보내는 것은 위험한 도박이 아니었을까? 다 잘되기는 했지만, 만에 하나 나체 사진이 뿌려졌다면 인생이 망가질 뻔 했던 게 아닐까.

현수성에게 그렇게 물었더니,

"이걸 쓰라구."

그는 검지로 머리를 똑똑 두드렸다.

"법정에 가게 되면 누가 잃는 것이 많을 것 같아? 여자는 평범한 직장 여성. 남자는 회사의 경영자. 그리고 보통 남자가 사회적 지위에 대한 집 착이 강하지. 그렇다면 타격이 큰 것은 누구겠어?"

"아하."

"그렇지. 젊은 여자를 협박하고 있었던 사실이 밝혀지면 남자가 입는 타격이 훨씬 크지. 상대는 자신의 지위를 버리면서까지 여자를 괴롭히 진 않아. 알겠어? 상대의 심리를 읽는 거야. 제일 약한 곳을 간파해야지. 그게 비결이야."

"네…… 상대의 심리요…….."

현수성은 영리하다. 싸움을 잘했을 뿐이라면 똘마니로 끝났을 것이 다. 하지만 그에게는 상황을 유리하게 만들어서 싸우는 지혜가 있었다. 특히 심리전에서는 상대의 한 수를 읽으며 싸운다. 폭력 조직도 함부로 하지 못했다던 현수성의 단면이 얼핏 보였다.

단지, 나로서는 무엇보다도 현수성이 뒤에 있다는 심리적 압박감이 남자를 물러서게 만든 것이 아닌가 싶은 생각이 든다.

2

신주쿠 구호센터, 통칭 '가부키쵸 카케코미데라'는 오오쿠보 공원의 맞은편에 위치하고 있다. 초록색 문을 열어 들어가면 밝은 카페 공간이 보인다. 안쪽에는 접수대가 있고, 지금은 몸집이 큰 40대 남성 고바야시와 젊은 여성 스태프인 야스요가 앉아 있다.

그 안쪽에 있는 사무소에는 사무 담당인 50대 여성 후쿠다, 그리고 내가 있다.

일주일에 몇 번은 히로노리라는 60대의 여성이 청소와 접대를 담당한다. 정오에는 구호센터에서 요리사 켄조가 솜씨를 발휘한 점심을 제공한다. 그 자리에 단골인 사람들이 모여 든다.

예전에 텔레비전에 소개된 빌딩의 방 한 칸을 기억하고 있는 사람도 많지만, 그때와는 이미지가 많이 달라졌다. 지금의 구호센터는 도서관 같은 공공시설 라운지의 분위기를 풍긴다.

오늘 이곳에 오기로 한 사람은 곧 예순이 될 듯한 초로의 남성이었다.

현수성은 팔짱을 긴 채 가만히 창밖을 응시하고 있었다. 정면에 있는 오오쿠보 공원에서 벚꽃 나뭇가지 끝이 보인다. 여름이 끝나가려 한다는 증거다.

평소 현수성은 이런 모습으로 사람을 기다리지 않는다. 어쩐지 심상
찮은 분위기에, 도대체 누가 오는 것일까 싶어 스태프들마저 긴장하고
있었다.

하지만 문을 열고 들어온 남자는 의외로 궁색하다 싶을 만큼 체구가
작은 남자였다.

쭈뼛거리는데다 흙빛이 된 얼굴 위의 눈은 움푹 들어가 있다. 어디 먼
곳을 보고 있는 것처럼 초점이 안 맞는 눈으로 멍하니 서 있었다.

나중에 현수성은 이렇게 말했다.

"조폭들보다 평범한 인간이 훨씬 무서워. 조폭은 괜찮아. 대체로 예측
가능하거든. 그렇지만 평범한 사람들은 궁지에 몰리면 무슨 짓을 할지
몰라. 그런 사람이 칼부림을 벌인다니까."

남자를 본 현수성은 성큼성큼 다가갔다.

"어, 안녕하세요? 오오타 씨라고 했던가요?"

크고 쾌활한 소리로 현수성이 말을 걸자, 오오타라는 이름의 남자는
긴장한 모습으로 고개를 숙여 인사했다.

"잘 왔어요, 잘 왔어."

현수성은 그가 들고 있던 검은색 가방을 잡았다.

"잠깐만요, 오오타 씨. 이것 좀 볼게요."

그렇게 말한 순간, 이미 가방은 현수성의 손에 들려 있었다.

상대의 낭패스러운 표정에는 신경 쓰지 않고 가방을 열었다. 그 속에
는 칼날이 20cm가 넘는 쇠칼이 나왔다. 상당히 존재감이 있다.

"여긴 도검류 반입 금지 구역이라서."

현수성이 농담처럼 말하며 웃자, 마음 약해 보이는 남자의 몸이 빳빳하게 굳었다.

"잠깐 맡아 놓을게요. 괜찮지요?"

남자가 살짝 끄덕인다.

"어이, 고바야시!"

접수대에 있던 고바야시가, "네, 네"하며 부드러운 표정으로 두 사람에게 다가와 가방을 받아 든다.

"잠시만 제가 보관하고 있겠습니다."

그는 가방을 들고 싱긋 웃으며 안쪽으로 들어갔다.

현수성은 순간적으로 복잡한 표정을 띄우며 남자에게 시선을 돌렸다.

"천천히 이야기를 들어 볼까요."

"네."

남자는 머리를 푹 숙이고 그 자리에 멈춰 섰다.

상담실로 안내된 남자는 책상을 사이에 두고 현수성의 앞에 앉아 침묵했다.

"무슨 일이에요?"

"네……."

입을 떼려고도 하지 않는 남자를 향해 현수성은 말을 건넨다.

"인생엔 별 일이 다 있어. 텔레비전을 보고 날 알게 됐지? 나도 안 해본 일이 없는 사람이야. 그러니 당신이 무슨 일을 했든 놀라지 않아. 숨길 필요 없어. 생각한 건 다 털어봐 봐."

그는 고개를 끄덕거리고 지금까지의 사정을 얘기하기 시작했다.

남자는 어느 회사의 부장급 인사였다. 당시에는 별도 법인 회사의 한 직에 파견되어 있었다. 연하의 아내와 스무 살을 넘긴 딸이 있었지만, 딸은 얼마 전에 결혼을 했다. 재산도 어느 정도 있었고, 양육 문제에서 해방됐다. 업무도 한직이라 비교적 편했다.

정신없이 일하던 시절로부터 조금 해방된 거라고 그는 받아들였다.

그때, 우연히 들른 음식점에서 어떤 여자와 알게 되었다. 여자는 30대. 바로 의기투합했고, 남녀 사이로 발전하게 될 때까지 그다지 시간이 걸리지 않았다.

남자는 50대가 되어서야 진짜 사랑을 찾아낸 것 같았다. 언제나 생기가 없고 불만스러운 표정을 하고 있는 아내. 그에 비해 그녀는 성격도 밝고, 윤기 나는 피부에 몸매도 날씬했다. 언제나 자신을 존경하며 격려해 주는 그녀는 그야말로 환상적인 여성이었다. 어느새 그녀는 자신의 가장 소중한 존재가 되었다.

그렇다. 객관적으로 보면 단지 색욕에 빠졌던 것이다. 늘그막에 찾아온 사랑은 타인의 시선에서 보면 우스꽝스럽기까지 하다. 불행하게도 당사자에게는 자신이 빠져들었다는 자각이 전혀 없었다. 그 남자에게는 그저 '진실한 사랑'이었다.

남자는 맨션을 빌려 여자에게 살 곳을 마련해 주었다. 물론 그는 회사원이다. 또 한 명의 여자를 책임질 만한 재력이 있을 리가 없다. 노후를 위해서 부부가 함께 적립한 예금을 조금씩 갉아먹었다.

눈치챈 아내는 격노했다. 하지만 그는 화내고 우는 것 외에 할 수 있는 게 뭐가 있겠느냐고 아내를 무시했다. 전업주부인 아내가 이제 와서 호텔 청소부나 마트의 계산원으로 살아갈 각오를 할 수 있을 리 없었다. 울고불고하던 아내도 결국 남자의 부정을 보고도 못 본 척할 수밖에 없었다.

모든 것은 그가 바라던 대로 되었다.

가정, 일, 꿈속의 여인. 그는 모든 것을 가지고 있었다.

그런데 '남자에게 있어서' 생각지도 못했던 일이 일어났다.

계속된 불황으로 남자가 근무하던 회사가 그가 파견된 별도 법인에 대한 지원을 중단한 것이다. 별도 법인은 도산했고, 남자는 조기 퇴직을 할 수밖에 없었다. 하룻밤 만에 무직자로 전락해 버린 것이다.

아내가 남편의 횡포를 참아 온 것은, 오로지 경제적인 이유 때문이었다. 아내는 이혼이라는 카드를 꺼내 들었다. 이제 와서 아내를 말릴 말을 꺼낼 수도 없었다. 퇴직금의 반을 아내가 가져갔다. 이혼을 계기로 딸과도 인연이 끊겼다.

하지만, 나에게는 진실한 사랑이 있다.

남자는 여자의 사랑을 의심하지 않았다.

그러나 착각은 어차피 착각일 뿐이다. 맨션에 가봤더니, 여자는 가재도구도 하나 남기지 않고 모습을 감췄다. 여자에게 빌려 준 돈은 5백만 엔. 아내와 함께 온화한 여생을 보내기 위해 모은 돈이었다. 검소하게 살다가 가끔 딸 부부와 가족 여행이라도 하겠다는 생각으로 젊었을 때부터 부지런히 모은 돈이었다.

남자는 가족을 잃고, 일자리를 잃고, 꿈속의 여자마저 잃었다.

여자의 친구를 찾아내 따지듯이 물었더니, 그녀는 이 가부키쵸의 어디엔가 있다고 말했다. 호스트와 살고 있을 거라는 말도 들었다. 그녀는 남자가 모르는 사이 젊은 호스트에게 그의 돈을 쏟아붓고 있었던 것이다.

그야말로 인과응보라고밖에 표현할 수가 없다. 남자는 여자에게 당한 것이다.

그 이후 남자는 가부키쵸를 헤매고 있다. 어떻게든 돈을 되찾고 싶다. 그냥 돈만 돌려주면 된다. 하지만 돈을 돌려받을 수 없다면 그 여자를 죽이고 자신도 죽을 생각이었다.

그래서 남자는 여자로부터 돈을 되찾을 수 있는 방법이 없는지 현수성에게 상담하러 온 것이었다.

"솔직히 말해서……."

현수성은 남자를 응시했다.

"당신이 정말로 원하는 건 여잔가? 돈인가?"

남자는 현의 눈빛을 견디지 못하고 머뭇거리며 시선을 떨구었다.

"여자……요. 여자가 돌아왔으면 좋겠어요."

"그건 힘들어. 포기해."

"그렇지만……."

"당신, 자기 모습을 거울에 비춰 본 적이 있나? 노친네 냄새까지 날 것 같다고. 당신은 돈 때문에 여자한테 이용당한 거야. 하지만 욕정을 이기지 못한 건 당신이잖아. 그만 포기해."

"그래도……. 그럼 돈은?"

"글렀어. 못 찾아와."

"도와주실 수 없을까요? 도와주세요……. 제발 도와주세요!"

현수성은 그 남자를 가만히 바라보았다.

지금 이 남자는 자신 안의 살의와 싸우고 있다. 여자의 거처를 알아내면 결국 자신과 그 여자, 모든 관계자를 불행하게 만들 것이다.

현수성이 세운 가부키쵸 카케코미데라의 가장 큰 특징은 피해자뿐만 아니라 가해자와도 대화를 하는 것이었다. 현은 언제나 생각해 왔다. 피해자를 돌보는 것만으론 근본적인 해결책이 되지 않는다고.

그래서 피해자의 여성이 도망칠 때는 반드시 구호센터 팸플릿을 가해자에게 남겨 두고 오도록 지시했다. 그리고 남자가 분노에 휩싸여 쫓아오면 그와 대화하고 이야기를 들어 주었다. 피해자만이 아니라 가해자까지 돌보아 주는 장소는 일본에선 여기뿐이다.

가해자는 현수성에게 마음을 열었다. 그것은 현수성 안에 가해자에 대한 선입관이나 처벌 의식이 없었기 때문일 것이다. 현수성은 가해자의 마음을 헤아릴 수 있었다. 가해자에게는 가해자대로 할 말이 있다. 아무도 들으려고 하지 않기 때문에, 증오가 끓어올라 폭력으로 이어지는 것이다.

현수성은 믿고 있다. 한 명의 가해자를 구하면 피해자를 구하고, 가해자의 가족을 구하고, 그 밖의 많은 관계자를 구한다는 것을. 가해자와 피해자 양쪽을 다 보살피는 것 외에 분쟁의 전모를 이해할 방법은 없다고 그는 생각했다.

"당신, 그 여자와 함께 죽을 작정이지? 바보 같은 짓 그만둬. 잘 살아 주겠어, 그 여자보다 몇 배나 더 자유롭고 즐겁게 살겠어! 그렇게 생각하는 편이 낫잖아. 어차피 호스트하고 붙은 그 여자는 언젠가 버림받을 거야. 그 여자에게 버림받은 당신처럼 말이지. 그렇게 빙빙 돌아가는 거라고. 뒤를 돌아보면 안 돼. 그때 이랬더라면 저랬더라면, 그런 생각은 아무 의미도 없어. 오기로라도 뒤돌아보면 안 되지. 그렇게 자신에게 맹세하는 거야. 앞만 보고 가겠다고."

"그렇지만……, 하지만……."

"집착을 버릴 수가 없는 거지. 그래서 여기로 도움을 청하러 온 거고. 이제 됐다는 생각이 들진 않아? 환상의 여인과 꿈같은 생활을 했잖아. 그걸로 충분해. 이제 앞으로 나가야지. 안 그래?"

남자는 머리를 숙였다. 잠시 후 '윽' 하고 작은 비명을 지르더니 엉엉 울기 시작했다. 이렇게 나이 든 남자가 울 수 있는 장소가 여기 외에 또 있을까.

"당신, 혼자 있으면 별의별 생각이 다 들지? 마음이 가라앉을 때까지 여기 와서 청소라도 하지 않겠어?"

그 남자는 흐느껴 운 다음 딸꾹질을 하면서 대답했다.

"네……."

그 뒤로 남자는 얌전히 센터로 와서 녹색 조끼를 걸치고 묵묵히 길거리의 쓰레기를 줍기 시작했다. 가슴 속으로 무슨 상념이 오갔는지는 알 도리가 없지만 그 모습은 마치 수행하는 승려 같았다. 겉모습 그대로 평생을 성실하게 온 남자였을 것이다. 짙은 초록빛이던 여름의 벚나무 잎

이 가을이 되면서 물들어 갔다. 낙엽이 지는 계절이 되면서 주울 것이 많아졌지만, 남자는 오히려 기쁜 듯했다.

그렇게 석 달 정도 지났을까.

"끝났습니다."

어느 날 그는 여느 때와 다름없이 그렇게 말하고 녹색 조끼를 담담하게 반납했다. 그리고 홀연히 사라졌다. 틀림없이 그 나름대로 정리가 끝났을 것이다.

현수성은 말한다.

"피해자, 가해자란 대체 뭘까. 선과 악은 누가 정하는 거지? 남들이 보고 이게 선이다, 저게 악이다 정해 주는 거잖아. 그렇지만 아무도 그런 걸 딱 집어서 갖고 있지 않아. 선이건 악이건. 그저 대부분의 사람들이 자신의 악을 눈치채지 못할 뿐이야. 그리고 다들 난 나쁘지 않다고, 좋은 사람이라고 생각하면서 남에게 상처를 주잖아. 그렇지?"

나는 잠자코 고개를 끄덕였다.

종말과 시작

1

어느 더운 여름날, 젊고 아름다운 여성이 현수성을 찾아왔다. 20대 후반에 몸매도 가늘다. 하얀 손수건으로 얼굴의 땀을 닦고 있는 모습이 너무나 청초해서 언뜻 봐서는 무슨 고민을 안고 있는지 도저히 알 수 없었다.

그러나 그녀의 눈 주변은 야위어 있었다. 현수성은 고민을 안고 있는 사람 특유의 인상에 익숙해져 있다. 얼굴은 본인이 생각하는 것보다 솔직하다고 그는 말한다. 얼마나 많은 사람의 얼굴을 이런 식으로 들여다본 것일까. 현수성은 그때마다 얼굴 표정이나 몸놀림에서 배어 나오는 사람의 속마음을 간파하곤 했다.

안쪽의 상담실로 안내한 후, 곤란하다는 듯 움츠려 앉는 여성과 마주한 현수성이 질문을 던졌다.

"무슨 일이야?"

"네. 실은 사람을 찾고 있습니다."

"누군데?"

"남편이 돌아오지 않아서요."

"왜 여기에서 사람을 찾지?"

"가부키쵸에 대해 잘 알고 계시다고 들어서요."

"아, 그래?"

현수성은 예전에 탐정 일도 했었다. 소위 말하는 사람 찾기의 프로인 것이다. 지금은 거의 하지 않지만, 이전에는 예외적으로 돈을 받고 사람을 찾아주기도 했다고 한다.

아내는 남편이 이 가부키쵸 어딘가에 있다고 추측하고 있었다.

석 달 전, 아내는 언제나처럼 회사에 가는 남편의 뒷모습을 배웅했다. 흔하기 짝이 없는 하루의 시작이었다. 밤이 되면 당연히 돌아오리라고 믿어 의심치 않았다.

남편은 도내의 유명 대학을 졸업한 후 자동차 회사에서 영업직을 담당하고 있었다. 학교에 다닐 때는 유도부였다고 한다. 상체가 떡 벌어지고 근육도 있는 타입이었다. 어디 가서 못생겼다는 소릴 들을 용모는 절대 아니다. 엘리트인데다 스포츠맨, 결혼 상대로서 부족함이 없었다.

그래서 삼 년 전에 결혼했다. 아직 아이는 없지만 그래도 행복했다. 그렇다, 그가 돌연 사라지기 전까지는.

"다녀올게."

그렇게 말하고 집에서 나가는 양복 차림의 남편을 아내가 배웅한 것이 마지막이다. 연락도 없고 간 곳도 알 수 없다. 경찰에 가출 수색 신고를 했지만, 그 뒤로 아무런 연락도 없다. 현수성은 그렇겠지, 라고 생각했다. 사건의 냄새가 나지 않는 한 가출 정도로 경찰이 움직일 리 없다.

나가기 전 남편의 모습에는 아무런 낌새도 없었다. 회사에서 일할 때도 딱히 변한 점은 없었다고 한다. 언제나처럼 일이 끝난 뒤 회사를 나갔고, 그 뒤 소식이 없는 것이다.

"그런데 왜 가부키쵸에 왔지?"

"남편을 여기서 봤다는 사람이 있어서요."

"흠."

거기서 아내는 잠시 우물거렸다. 현수성은 순간 주저하는 그 모습에서 사건의 본질을 발견한 것 같은 기분이 들었다.

"어디서?"

"저…… 그이의 회사 동료가 알려 줬거든요. 남편이 가부키쵸에 빠져 있었다고요. 회사 접대 때문에 정말 흥미 위주로 가봤던 모양이에요. 하지만……."

"여자야?"

"아뇨, ……그게…….."

"남자군…….."

"네, 아마…….."

사라질 것 같은 목소리로 그녀는 인정했다.

그가 빠져 있었던 것은 게이 바였다. 그런 남자가 있어도 무리는 아니라고 현수성은 생각했다. 어쩌면 동성애 세계와의 만남이 그에게 있어서 이제까지의 남녀 가치관을 뒤집을 정도로 충격적인 것이었는지도 모른다.

　게이에게 있어서 물론 정신적 교류는 중요하다. 그러나 현수성 쪽에 들어오는 상담은 오히려 육체적인 쾌락에 홀려 발을 디딘 남자들의 이야기였다. 성적 쾌락을 통해 이 세계에 빠져들면 사회생활과 타협할 수가 없게 된다. 자신의 성 취향을 두려워하는 남자들은, 지금까지 익힌 사회통념에 비추어 볼 때 도저히 받아들일 수 없는 자기 자신을 용납하지 못한다. 정신적으로 패닉에 빠져 언젠가 사회에 전부 들키는 것이 아닌가 두려워한다. 그러나 한편으로, 내면에 잠들어 있던 감정에 일단 한번 눈 뜨고 나면 다시 잠재우는 게 불가능했다. 남자는 여자와 비교가 안 될 정도로 잠자리에 능숙하다고 한다. 즉 섹스에 관한 한, 남자는 남자의 생리를 속속들이 알고 있고, 어디를 어떻게 자극해야 남자의 몸이 반응하는지를 알고 있기 때문에 당연한 결과라고 한다. 말하지 않아도 안다는 느낌에서 오는 쾌락은 분명 존재할 것이다. 설명하지 않아도 이해하고, 자신이 가장 원하는 것을 해준다. 그런 인간이 있다면 어떤 의미에서는 전지전능처럼 느껴질지도 모른다.

　그러나 남자들에게는 머지않아 둘 중 하나를 선택해야 하는 순간이 도래한다. 게이인 자신을 인정하고 살아갈 것인가, 일부러 멀리할 것인가.

　남편은 동성애자의 세계를 선택한 것이다. 그래서 지금까지의 삶을 버렸다.

　"남자가 그렇게 되면…… 되돌리긴 어려워."

　연적이 여자라면 돌아올 가능성도 있다. 하지만 상대가 남성이라면 관계를 되돌릴 가능성은 희박해진다.

그 말을 들은 아내는 순간 괴로운 표정을 지었다. 그러나 한숨을 길게 내쉬더니 얼굴이 부드러워졌다. 이미 각오했다는 눈빛이었다.

이 몇 개월 동안, 기대와 절망이 몇 시간마다 빙글빙글 교차하며 그녀를 찾아왔었다. 그이는 분명 돌아올 것이다. 아냐, 이제 돌아오지 않을 거야. 내일은 돌아올지도 몰라. 아니, 이제 기대하지 말자……. 하지만, 어쩌면……. 챗바퀴를 도는 것 같았다.

일단 그러한 사고 패턴에 얽매이면 빠져나가기가 어렵다.

매일 밤 저녁 식사를 만들고 이불을 편다. 내일 눈을 뜨면 남편이 옆에서 자고 있을지도 모른다는 희미한 기대를 안고 잠든다. 그렇지만 아침에는 잔 흔적이 없는 이불 한 채가 남편의 부재를 재차 확인시켜 준다.

실망과 기대의 끝에서 그녀는 어렴풋이 깨달았다. 남편은 분명 이제 돌아오지 않을 거야.

그래도 찾지 않고는 견딜 수 없었다.

그러다 회사 동료로부터 놀랄 만한 소식을 전해 들었다. 남편이 가부키쵸 게이 바에 빠져 있었다는 얘기였다. 처음엔 그게 실종된 원인이라고 생각하기 어려웠다. 그녀가 알고 있는 남편은 전혀 그런 기색이 없었다. 예전 여자 친구와 어떻게 헤어졌는지도 알고 있다. 그렇다, 전에 교제했던 사람도 여자였다. 섹스도 확실히 했다. 분명 요새는 좀 줄긴 했다. 하지만 그건 남편이 바빴기 때문에…….

그렇다고 해서 여자랑 증발한 거라고 생각하기도 어려웠다. 그녀는 감이 좋은 편이다. 여자의 낌새가 있었다면 금방 눈치챘을 것이다.

매일매일, 실종의 원인이 달리 없다는 생각에 짓눌려 죽을 것만 같다.

그이는 정말로 게이가 된 게 아닐까? 하지만 혹시, 정말로 남편이 게이의 세계에 발을 들인 거라면 과연 돌아올까? 사고가 점점 부정적인 쪽으로 기울어 갔다.

그랬기 때문에, 오히려 현수성의 직설적인 말이 듣기 좋았다. 망상은 이제 질렸다. 현실을 알고 싶다. 알고서 편해지고 싶었다. 아내는 입을 열었다.

"그렇군요. 남편은 이제 돌아오지 않을지도 모르겠군요. ……하지만, 이런 상황에서 기다리는 것보다는 확실히 끝을 맺은 뒤 다른 삶을 찾고 싶습니다."

현수성의 귀에는 '살아가고 싶습니다'로 들렸다.

"알았어. 하지만 너무 기대하진 마. 가부키쵸는 넓어. 그런 가게도 잔뜩 있고."

아내의 얼굴에 안도의 빛이 떠올랐다.

"잘 부탁드리겠습니다."

그녀는 깊숙이 고개를 숙였다.

현수성은 동성애자 쪽 인맥도 많았다. 동성애자들의 유대는 외부에서 도저히 파고들 수 없을 만큼 강한 것을 그는 알고 있었다.

아는 게이에게 사진을 보여 주고 이런 사람 아느냐고 물어보면 사방에서 정보가 들어올 것이다. 옛날 탐정 시절의 잔재로, 다른 탐정들의 연락처도 스무 개 정도 갖고 있었다. 그 시절의 동료들도 협력해 주기로 했다.

게이 바의 관계자에게 사정을 설명할 때마다 주머니에서 사진을 꺼냈다. 몇 장 받은 사진 중 하나는 아마도 신혼여행 때 찍은 것이었다. 어딘지 모를 리조트에서 부부가 사이좋게 팔짱을 낀 채 웃고 있었다.

지금까지 많은 상담자를 봐왔다. 상담 내용은 모두 똑같다. 한때 행복을 가져다주었던 뭔가가 마치 손바닥을 뒤집은 것처럼 돌변하여 자신을 괴롭히고 있다. 때로는 그것이 돈이었고, 명예였으며, 여자였고, 남자였다. 그렇다면 그들의 행복은 모래성이나 다름없지 않은가. 아무런 근거도 없는 환상이었다는 얘기다.

현수성은 신주쿠 구호센터를 연 이래, 가족의 인연뿐만 아니라 돈, 땅, 여자까지 가진 모든 것을 내던졌다. 대부분의 사람들에게 있어서 그것은 버리고 싶어도 버릴 수 없는 것일 터이다.

현수성에게 있어서는, 원래 맨몸이었던 자신이 다시 맨몸으로 돌아간 것뿐이라고 한다. 하지만 세상은 다르다. 모든 만물은 언젠가 사라져 버림에도 불구하고, 그럼에도 그 애매모호한 것에 매달린 채 살아가고 있다. 누구나 고독을 두려워하기 때문에 필사적으로 손에 든 걸 지키려 한다. 덩치 큰 어른도 예외가 아니다. 만일 그것이 망가지면 남자건 여자건 현수성의 앞에서 체면도 없이 엉엉 울었다. 당신들은 바보냐. 그 나약함이 약점이라는 걸 모르는 건가.

아니, 모르는 거군.

그렇기 때문에 맞서 싸우겠다는 확고한 의지를 가진 상담자에게 힘이 되어 주고 싶은 것이다.

현수성은 주머니에 사진을 밀어 넣었다.

그 비슷한 사람이 가게에서 일하고 있다는 게이 바 관계자의 정보가 들어온 것은 몇 주 뒤였다. 현수성은 센터에서 대기하고, 그 대신 탐정으로 일하는 친구가 그 가게에 가보았다.

그러나 몇 시간 뒤, 친구는 고개를 저으며 돌아왔다.

"없던데?"

현수성은 그 말에 의문을 품었다.

"정말로 없어?"

조금 덩치가 좋은 탐정은 땀을 닦으면서 고개를 끄덕였다.

"그럼 확인하러 가볼까?"

현수성은 다시 한 번 자신의 눈으로 확인해야 납득할 수 있을 것 같았다.

탐정을 데리고 가게 앞으로 간 현수성은 들락거리는 남녀들을 지그시 바라보았다. 가게의 간판이 걸린 입구에서, 불빛에 비춰진 사람들의 얼굴은 모두 창백해 보였다.

그때, 현수성의 목에서 소리가 흘러나왔다.

"야. ……저기 있잖아."

현수성이 턱짓으로 가리킨 곳에는 사진과 전혀 다른 외모의 '여자'가 서 있었다.

사진과 사람을 번갈아 바라보던 탐정은 할 말을 잃었다. 현수성은 오랜 감으로 알아챘다. 다른 부분이 전부 바뀌었다 해도, 눈매의 인상만은 신기할 정도로 바뀌지 않는 법이다. 180cm에 가까운 몸에서는 단단한 근육이 사라져 있었다. 굳이 말하자면 홀쭉하게 야윈 편이다. 긴 머리를 늘어뜨리고 꽃무늬의 원피스를 입은 채 핀 힐을 신고 서 있다. 그를 본 순간, 이 사람은 이미 신혼여행에서 미소 짓고 있었던 그 남편이 아님을 알 수 있었다.

현수성은 가벼운 동작으로 '그녀'에게 다가가 되도록 놀라지 않도록 말을 걸었다.

"당신, ○○○ 씨죠?"

여자는 흠칫 놀란 얼굴로 현수성의 얼굴을 보았다. 가까이 와서 잘 보니 확실하다. 정성 들여 화장한 표면 아래에는 사진으로 몇 번이나 보았던 그 얼굴이 있었다. 희미하게 남은 수염과 함께 남성 특유의 큼직한 이목구비가 눈에 띈다. 다만 체중은 요 석 달 동안 20㎏ 가까이 빠진 모양이다. 그 짧은 기간에 이렇게까지 날씬해지다니, 어지간히도 여자가 되고 싶었던 모양이다.

사랑에 빠진 거군…….

현수성은 겨우 상담하러 올 용기를 냈던 의뢰인의 얼굴을 떠올렸다.

"이봐, 당신. 이 생활을 계속하든 안하든, 한번 아내랑 확실히 결판을 지어야지. 아내는 당신이 갑자기 없어지는 바람에 새로 시작하려 해도 할 수가 없는 상황이야. 당신 어머니도 걱정하고 계신다고. 일단 내가 있는 데로 와."

현수성은 구호센터에 대해 설명한 뒤 남자의 등을 가볍게 밀었다. 그리고 다른 손으로는 휴대폰을 꺼내어 상담자에게 전화를 걸었다.

"찾았어."

"……그런가요."

이제 무슨 일이든 각오하고 있다는 듯 차분한 목소리가 수화기 너머에서 들려왔다.

센터의 불을 켜고 남편을 의자에 앉혔다. 형광등 불빛 아래 보이는 것은 원피스를 입고 한껏 멋을 낸 여자였다. 한때 유도를 하는 스포츠맨이었고, 착한 아들, 좋은 남편, 우수한 영업 사원이었던 사내가 힘없이 앉아 있었다.

"둘이서 잘 얘기해. 응?"

현수성이 그렇게 말하자 고개를 푹 숙였다.

지난 석 달 동안 어디 있었느냐고 물었더니, 좋아하는 남자와 동거를 시작했다고 대답했다. 그에게 있어서는 그것이 진정한 자신이요, 진정한 신혼생활이었던 것이다. 물론 묵묵히 가정을 버린 남편의 행위는 비난받아 마땅할지도 모른다. 하지만 세상에는 도저히 어쩔 수 없는 일이 있다. 사람을 좋아하게 된 것이 나쁘다고 누가 말할 수 있을까. 아내가 운이 나빴던 것이다.

택시가 센터 앞에 멈췄다. 아내가 문을 열고 들어왔다. 여름 밤바람의 향기가 났다.

아내는 남편과는 반대로 청바지에 티셔츠를 입고 나타났다. 남편의 모습을 보고도 그다지 놀라지 않는 기색이었다. 오히려 그리운 친구를 만난 것처럼 조금 지친 얼굴로 미소 지었다.

"그렇게 된 거구나."

"미안해."

남편의 눈에 눈물이 조금 글썽거렸다.

"부부끼리 좀 얘기하도록 해."

현수성은 마치 자매처럼 보이는 두 사람을 남겨 두고 안쪽의 사무실로 들어갔다.

그 후, 두 사람이 어떤 이야기를 나눴는지는 알 수 없다.

하지만 나중에 아내로부터 이혼하기로 결정했다는 연락이 왔다. 다음과 같은 내용도 적혀 있었다.

'현실은 소설보다 기이하다고 말들 하지만, 설마 제게 이런 일이 일어날 거라고는 상상조차 못 했습니다. 역시 남자에게 남편을 빼앗긴 것은 충격이었어요. 어느 쪽이든 결과는 똑같겠지만, 그래도 기왕이면 연적이 여자인 편이 포기가 빨랐을 것 같아요. 조금 슬프지만, 현실을 직시할 수 있어서 다행입니다. 덕분에 앞으로 나아갈 수 있었습니다. 감사합니다.'

사실은 소설보다 기이하다지만, 인생엔 무슨 일이든 다 있는 법이지. 오히려 소설가의 머리가 현실을 못 쫓아가고 있는 것 아니야? 라고 현수성은 생각했다. 두 사람은 새로운 삶을 향하여 서로 다른 길을 걷기 시작했다. 그러나 이러한 일은 일본 어디에서든 일어나고 있다. 별로 특별하지도, 드물지도 않다. 모든 고민거리는 코딱지만큼 쪼잔한 것이다.

2

그날 유리문을 열고 들어온 사람은 캐주얼한 셔츠에 바지를 입은 세련된 남자였다. 나이는 사십 대 중반. 연하의 아내와 여섯 살, 네 살 난 두 딸이 있다. 최근 일본에 진출한 외국 벤처 기업의 사원이었다.

빈틈없이 손질한 얼굴만 봐서는 무엇이 고민인지 짐작도 가지 않았다. 얼핏 보기에는 성공한 경영자가 휴일을 즐기고 있는 것 같은 옷매무새인지라, 가부키쵸의 카케코미데라와 인연이 있을 거라고는 생각할 수 없었다. 하지만 그건 편견일 뿐이다. 당연한 얘기지만 이 세상 모든 사람들에게는 오늘이건 내일이건 본인도 예상치 못했던 이런저런 사건이 일어나는 법이다.

남녀의 애증, 돈, 사회적 지위, 건강, 가정생활. 그런 것들에 대한 집착이 사람을 괴롭히는 것이라면, 한정된 인물에게만 고민이 생길 리가 없는 것이다. 누구에게나 일어날 수 있는 일이다. 소중히 지키고 있는 것이 많으면 많을수록 사람은 덫에 걸려 빠져나올 수가 없게 된다.

현수성의 앞에 앉아 있는 그 사내는 모든 상담자가 그렇듯이 첫 운을 떼기 어려워했다.

"저……."

그러나 현수성과 그 사이에 가로놓인 침묵이 등을 떠밀었는지, 남자는 약간 고개를 젓고서 이야기를 시작했다.

"저는 중도 채용으로 지금 회사에 들어왔습니다. 그렇지만 예전 직장 일과는 아무 상관도 없는 직종입니다. 경력도 없고 딱히 좋은 대학을 나온 것도 아닌데 왠지 유명 기업에 채용된 겁니다. 게다가 미국에서 오는 임원들을 보좌하는 비서로 일하게 되었습니다. 처음에는 아내와 함께 기뻐했습니다. 전임자가 인계하면서 여러 가지 일을 가르쳐 주었습니다. 스케줄 조정, 미팅 잡는 법, 회의 준비하는 법…… 필사적으로 공부했습니다. 아침부터 밤까지 바빴지만, 보람 있는 나날이라…….”

현수성은 직장에 관한 우여곡절을 한참 동안 듣고 있었다.

“흐음, 그것 참 출세했네.”

적절하게 추임새를 넣는다.

“네.”

짧게 대답한 남자의 진지한 표정이 조금 일그러졌다.

“그럼 직장에 대해서 상담하러 온 건가?”

“그……런 셈이죠. 엄밀하게 말하면 그렇습니다.”

“당신처럼 이류 대학을 나온 남자가 그렇게 좋은 대우로 취직할 수 있을 리 없으니, 뭔가 꿍꿍이가 있었다…… 그런 얘기겠네.”

현수성이 씨익 웃자 남자는 상처받은 듯한 표정을 지었다.

“역시 그런가요…… 아니 그렇겠죠. 처음부터 눈치챘으면 좋았을 것을.”

남자는 가늘고 날씬한 상체를 의자 등받이에 내던지더니 위를 바라보며 작은 한숨을 쉬었다. 현재 남자의 연봉은 1천만 엔이 넘는다. 예전 직장보다 2백만 엔 이상 높다.

“무슨 일인데?”

“…….”

현수성은 쭈그려 앉은 남자에게서 눈을 떼고선 윗몸을 젖혔다. 그러고는 옆방의 스태프를 불렀다.

"어이, 야스요! 맛있는 커피 좀 줘."

"네에―."

대답하는 목소리가 건너편에서 들려왔다.

남자는 머리를 숙였다.

"……죄송합니다."

"우리 커피, 완전 맛있어. 마셔 봐."

잠시 기다리는 동안 입구에서 부르는 소리가 들려왔다. 현수성은 몸을 일으켜 두 잔의 커피를 받아 들었다. 맛있는 것 외에는 입에 대지 않는 성미다. 살아 있음을 느끼게 하는 최고의 기쁨은, 마음속 깊이 원하는 것을 실컷 즐기며 먹고 마시는 것이라고 그는 믿고 있었다.

커피 향이 상담실을 감싼다. 두 사람 다 잠자코 찻잔을 입에 댔다.

"……맛있네요."

"그렇지? 난 원두에는 까다롭거든. 맛있는 커피밖에 안 마셔."

남자는 찻잔을 제자리에 놓고서 그 밑바닥에 남아 있는 검은 액체를 바라보았다.

"제가 보좌하는 임원들은……."

"어."

"……미국에서 혼자 일본에 옵니다. 지금까지 세 명 왔었는데 전부 백인 남성이었어요. 일본 각지에 출장을 가는데, 그들과 동행하여 같은 호텔에 묵게 됩니다."

거기까지 말한 남성은 잔에 남아 있던 커피를 전부 마셔 버렸다. 이미 미지근해진 커피는 목구멍에 씁쓰레한 향기를 남겼다.

"미국은 소송이 잦은 사회라서 바람을 피웠다간 난리가 나는 모양입니다. 아내가 탐정을 고용해서 단신 부임 중인 남편의 움직임을 조사하기도 한다네요. 혹시 이혼하게 될 경우 위자료가 어마어마하다고 합니다. 미국 경영자는 급여가 세잖아요. 하지만 아무리 그래도, 성욕을 참을 수가 없는 겁니다. 그래서 그들은 남자랑 자는 겁니다. 회사 출장 와서 남자랑 같은 호텔에 묵는다고 하면 아무도 의심하지 않으니까. ……그래서 억지로, 당했습니다."

그는 웃는 건지 우는 건지 모를 표정을 하고 있었다.

"정말 끔찍했습니다. 치욕입니다. 내가 돌아오길 기다리는 사랑스러운 딸들과 아내, 정말 행복한 가족이었는데. 회사를 그만두려고 했습니다. 몇 번이나. 하지만 우리 아빠는 유명 기업 다닌다고 다들 자랑스럽게 생각하고 있어요. 그만둘래도 이유를 말할 수가 없어요. 제 일이라는 게 표면상으론 임원을 보좌하는 비서지만, 사실은 남창인 겁니다. 임원이 이제까지 세 명 왔다 갔는데, 저희들끼리 인수인계라도 하는 건지 세 명에게 전부 당했습니다. 아내와 잠자리를 하려 해도, 이젠 서질 않아요. 자기 입으로 말하는 것도 우습지만, 가족에겐 잘하는 편이었는데……."

현수성은 잠시 한숨을 쉰 뒤 말했다.

"난 또 뭐라고. 드문 일도 아냐. 세상의 불행은 전부 다 짊어지고 있는 듯한 표정을 하고 있으니까 뭔 일인가 했네."

"……."

"그런 얘기였어? 요전에도 들었지. 외국인 상사의 성추행, 그런 일 엄청 많아. 요전에 왔던 사람은 당신보다 젊고 독신이었는데, 그 사람도 미국인에게 당했어. 돌아가면서. 똑같애. 이봐, 그런 건 일상다반사야. 길가의 돌멩이처럼 굴러다니는 고민이야. 당신이 괴로워할 일도 아니고, 창피해할 일도 아냐. 당신이 제일 불행한 것 같지? 아냐, 아냐. 그런 건 모기에 물린 수준이라고."

"그런가요?"

"그럼."

현수성은 쾌활하게 웃었다.

남자가 강간당한 사건은 거의 보도되지 않는다. 그렇다고 해서 실제로 발생하지 않는 것은 아니다. 여성에 비해서 충격이 약한 것도 아니다.

"그래, 어떡할까?"

"그만두고 싶습니다. 하지만 그만둘 수가……."

"그치만, 남자 상대하긴 싫지?"

"……네……."

현수성은 남자의 얼굴에 한줄기 그림자가 스치는 것을 놓치지 않았다.

"그게…… 아닌 거군."

"……네."

남자의 눈은 빨갛게 충혈되어 있었다. 꽉 악문 두 뺨에 붉은 기가 감돌았다.

"……그래."

그 남자는 남성을 좋아하게 되고 만 것이다.

쾌락이라는 것은 때로 생각지도 못하게 사람을 옭아매곤 한다.

행복한 가정, 아름다운 아내와 토끼 같은 두 딸들이 있는데도 불구하고.

그런데도 일단 문을 열고 나면, 두 번 다시 예전으로 돌아갈 수 없는 곳까지 떠밀려 와버리는 경우도 있는 것이다. 처음부터 남자에 호감을 느꼈다면 좀 더 각오를 할 수 있었을지도 모른다. 그러나 왜 사십이 넘은 이 나이에 이런 걸 알아 버리고 만 것일까.

남들에게 들키는 것은 부끄럽고, 가족에게는 죄책감을 느끼고, 자신이 비정상이라는 자책감마저 짊어지게 된다.

젊을 날도 얼마 남지 않았다. 그러면 그는 남창으로서의 역할을 다른 누군가에게 인계한 뒤, 이쪽 세계로부터 현실로 돌아와야만 하는 것이다. 견딜 수 있을까. 이렇게 이중생활을 하는 것, 아내를 배신하는 것, 지금의 생활이 언젠가 뚝 끊겨 버리는 것. 내 정체성은 도대체 무엇인가. 이 상황을 도대체 어떻게 받아들여야 좋을까.

남자가 좋다는 이 마음을 어디에 놔두어야 좋을지 그로서는 알 수가 없었다.

"마음 가는 대로 살아가면 안 되는 걸까?"

현수성은 멍하니 중얼거렸다.

"정상과 비정상이라니, 누굴 보면 정상이고, 또 누가 비정상이라는 거지? 왜 남들과 다르면 나쁜 건데? 우연히 수가 적은 쪽에 걸린 것뿐이잖아. 뭐든 가능하다고 생각하지 않아? 사람은 모두 언젠가 죽어. 딱 한 번뿐인 게 인생이야. 되도록 하고 싶은 걸 다 해보고 죽는 게 삶을 완수하는 거 아니겠어? 처에게는 말하지 않아도 돼. 그걸로 됐잖아. 별로 알고 싶어 하지도 않을 사실을 억지로 알려 주는 건 이기심일 뿐이야. 그 비밀은 가슴에 묻어 놔. 괜찮아, 괜찮아. 사람은 누구나 당신처럼 비밀을 한두 개 안고서 관에 들어가는 법이야. 그게 평범한 거야. 당신도 저승 선물인 셈 치고, 끝까지 비밀을 지키면 돼. 당신 마음대로 살도록 해."

잠시 침묵이 흐른 뒤, 현수성은 눈과 코가 발개진 남자가 통곡하는 것을 보았다. 누구에게도 말하지 못한 채 껴안고 있던 것이 안도함과 동시에 흘러나갔다.

현수성은 몸을 일으켜 옆방을 향해 외쳤다.

"어이, 야스요! 커피 한 잔 더 줘. 완전 끝내주는 걸로."

3

"그렇게 드문 일도 아니에요."

"예?"

말을 걸어온 것은 구호센터에 와 있던 자원봉사자였다.

그는 이쪽 세계를 잘 알고 있었다. 원래 게이 바의 마담이었지만, 이후 일을 배워서 사무원이 된 사람이다. 그러니 특별하다는 느낌도 없었고 남의 사생활을 캐물을 생각도 없었기 때문에 이제까지 이런 이야기를 화제로 삼은 적은 없었다.

"남자한테 당해서 자신의 성 취향을 깨닫게 되는 건 자주 있는 일이에요. 가해자한테도 들은 적 있어요. 그럴 생각이 없는 남자를 일부러 취하게 만든 다음에 화장실로 끌고 들어갔대요. 나쁜 놈이죠?"

핫핫핫, 명랑하게 웃는 그의 얼굴에서는 근심 따윈 찾아볼 수 없었다.

"아…… 그렇군요."

"생각해 보세요. 남자랑 여자 사이에서 일어나는 일들은 대체로 남자와 남자 사이에서도 벌어지잖아요. 그런 일이 없다고 생각하는 게 더 이상하지 않아요?"

듣고 보니 그렇다. 그저 자기 눈에 안 보일 뿐인 것이다.

"보세요. 어디서나 있는 일이라고 생각하면 그것만으로 맘이 좀 편해지지 않나요? 이 세상에 나뿐이라고 생각하니까 힘든 거예요."

"그럴지도 모르겠네요. 신기하네."

"인정하면 되는 거예요. 맞다고, 당신 말대로라고. 그러면 다음 단계로 나아갈 수 있어요. 그래서 현 소장님께 얘기하면 안심이 되는 거죠. 그분은 정말로 많은 사람을 봐 왔으니까요."

나는 잠자코 고개를 끄덕였다.

"정말 불쌍한 건 처자식이 있는데 어느 날 자각한 경우예요. 요새 젊은 사람들은 좀 덜 고민하는 편이죠. 결혼하기 싫으면 안 해도 되는 시대니까요. 하지만 50대나 60대인 아저씨들은 시골의 장남이라든가 그런 사정 때문에 싫어도 결혼해야 했던 경우가 많거든요. 가슴속에서 수상적은 뭔가를 느꼈어도, 당시엔 인터넷도 없었으니 깨달을 도리가 없었겠죠. 그런 건 자기 탓이 아닌 경우도 있고. ……안됐다고밖에 할 말이 없어요."

"그러네요. 정말 그래요."

"아저씨가 되어서야 자신의 성벽을 깨닫는 사람도 있어요. 그런 사람들은 이제까지 참았던 게 있기 때문에 반동으로 막 나가게 돼요. 처자식을 두고 가출해서 행방불명되는 사람도 있거든요."

그 나이에 사람이 사라져 버리면 남겨진 가족은 힘들다.

"그런가요?"

"그럼요. 그 나이 세대는 버블 시대를 경험했잖아요? 돈도 노는 법도 장난이 아니에요. 감각 자체가 지금 세대랑 달라요. 돈을 펑펑 써대고, 상대도 마구 바꾸고. 보고 있으면 이 사람은 오래 못 가겠구나, 싶지요."

"오래 못 가다니, 뭐가?"

"돈도 그렇고, 병에 걸려서 죽는 사람도 꽤 있거든. 어느 날 웬 아저씨가 이 세계에 갑자기 나타나서 갑자기 죽는 거죠. 제 주위에서도 몇 명인가 돌아가셨어요."

"그런 병도 있나요?"

"네, 여러 종류 있어요."

나는 흙 속에서 나와 투명한 날개를 펼치는 매미를 떠올렸다. 순식간에 나타나 순식간에 사라져가는 사람들. 마침 초가을 무렵이다. 그날 어딘가에서 들은 매미 소리가 귓가에 남아 있었다.

"나이를 먹으면 뭐든지 잊어버릴 것 같지만, 딱히 그렇지도 않은 것 같아요. 그러니까 자신을 너무 억제하지 않는 편이 나아요."

그는 미소를 지우지 않았다.

"못 참는 사람은 결국 못 참거든요. 점점 나이를 먹을수록 새로운 세계에 적응하기도 힘들어지니까요."

"적응하기 힘들다고요……."

"병에 안 걸리게 조심도 해야 하고……. 사실 자신의 사정을 다른 사람과 나누는 게 좋죠. '별로 드문 일도 아녜요, 그런 사람 꽤 많아요'라고 웃으면서 술안주로 삼을 수 있으면 최곤데. 사회적 소수자라고 하지만, 뭐가 소수라는 건지 모르겠어요. 그냥 세상이 모르고 있을 뿐이잖아요."

사모와 체념

그의 인생에 있어서, '자유'를 향한 갈망을 몸서리칠 정도로 뼈마디에 새겨 넣어 준 것은 아버지였다.

여기서 도망치고 싶다. 빨리 어른이 되고 싶다. 자유로워져서 이 남자의 지배에서 해방되고 싶다. 그것은 무엇보다도 강렬한 에너지로 바뀌었다.

그 시절 그가 지르던 비명과, 지금 여기로 뛰어드는 상담자들의 비명은 무척 닮았다. 내 귀에는 그 두 가지 비명이 겹쳐서 울려 퍼지고 있다.

그의 부친이 사망한 것은 현수성이 44세가 되었을 때였다. 기나긴 병환 끝에 찾아든 죽음이었다. 현수성은 원망해 온 아버지의 상주가 되었다. 비용은 70만 엔. 성인이 되었을 무렵부터 이미 희대의 악덕 장사로 부를 축적한 현수성은 아버지가 누운 관 뚜껑을 열고서 시신을 들여다보았다. 그 죽은 얼굴을 카메라로 찍었다. 찰칵찰칵, 현수성이 셔터를 누를 때마다 창백한 빛이 아버지의 얼굴에 그림자를 드리웠다. 메마른 이별 의식이었다.

"아버지. 용케 날 이 세상에 내보내 줬어."

그에게 있어 아버지란 최대의 적이자 최대의 은인이었다.

반면 어머니는 어떤 존재였을까.

현수성에게는 친어머니 외에도 네 명의 새어머니가 있다. 한 명은 니시나리 구에 사는 일본인 여성. 기가 드센 그녀는 기분이 나쁠 때마다 현수성을 때렸다. 남편이 돌아오지 않을 때도 마찬가지였다. 굶주림이란 어떤 것인지 알려 준 것도 그녀였다.

또 한 사람은 미에 현에 사는 한국인 해녀다. 아버지가 밀항으로 일본에 오기 전에 한국에서 결혼했던 전처다. 가부장적인 전통이 강하다는 제주도 출신으로, 현수성의 아버지를 쫓아서 바다를 건너 일본까지 왔다고 한다.

그 외에도 아버지와 내연 관계를 맺은 여성이 두 명 더 있었다. 아버지는 기분에 따라 여자들 사이를 전전했다. 다른 여자가 있는 곳에 현수성을 내버려 둔 채 자주 모습을 감추었다.

"그럼 모친 되는 분들께서는, 부친이 여기저기에 현지처를 만들고 있다는 걸 알면서도 헤어지거나 싸우지 않았다는 얘긴가요?"

내가 그렇게 묻자, 현수성은 고개를 흔들었다.

"아버지는 폭군이라 아무도 거스르지 않았어. 여자는 결국 여자일 뿐이야."

현수성의 눈에 비친 모친들은 부모이기 이전에 여자였다.

그의 기억 속에는 '엄마'가 남자 손님을 받고 있는 장면이 어렴풋이 남아 있다.

엄마라고 해봤자 어느 어머니인지도 정확하지 않다. 그러나 불투명한 유리 너머에서 동물처럼 교성을 지르며 남자와 여자가 얽히고 있는 그림자를 본 기억이 있다.

"몸매가 빵빵했지."

그것은 흉측한 짐승이었다. 현수성이 왠지 여자라는 생물에 깊이 빠지지 못하는 까닭은, 남자를 향한 그녀들의 정욕을 뼈저리게 목격했기 때문이 아닐까. 그는 지금도 그렇게 생각하고 있다.

심지어 상담할 때도 그렇다. 구호센터에 달려온 여성들의 고민 아래 정념이 비쳐 보인다. 얼핏 보면 자식 문제나 가족 상담을 받으러 오는 것 같지만, 여자들의 진정한 두통거리는 남편이나 애인과의 애증에서 비롯되기 때문이다. 그래서일까, 자식보다도 남자를 우선하는 상담자가 오면 현수성은 평소보다 더 열성적으로 이야기를 듣는다. 그리고 결과적으로는 아이가 구제되도록 일을 해결한다는 것을 나나 스태프들은 알고 있다.

현수성은 초등학교 5학년 때, 니시나리 구에서 살던 시절에 친어머니와 만난 적이 있다. 자신이 초등학교에 들어가기 전에 찻집에서 버린 이후 처음이다.

어느 날 그 친어머니가 전화를 걸어왔다. 울면서 만나고 싶다고 말했다.

"지금 생각해 보면 죄책감을 없애고 싶은 충동이 일었던 모양이야."

현수성은 그렇게 회상했다. 다시 만난 어머니는 "엄마야"라고 말하고는 통곡하면서 매달렸다고 한다. 그런 어머니를 아연실색한 눈으로 바라보는 어린 현수성의 마음은 흔들리고 있었다.

'이제 와서 뭐야?'

현수성은 당시 그녀를 냉정하게 바라보았다고 얘기했다. 그러나 나로서는 그 말을 액면 그대로 받아들이기 어렵다. 만일 현수성의 인생에서 단 하나 끊을 수 없는 것이 존재한다면, 그것은 어머니를 향한 그리움이 아닐까 생각하는 까닭이다.

눈앞에서 모습을 감춘 이래 처음으로 현수성을 만나러 온 어머니는 그를 쓰텐카쿠[6]로 데려갔다. 낮은 처마가 즐비한 집들의 지붕 위로 '하늘로 이어지는 높은 누각'이라는 뜻의 쓰텐카쿠가 솟아 있었다. 주위를 둘러보면 떠들썩한 사람들 가운데 미소 짓고 서 있는 어머니가 보였다. 그날 자신을 놔두고 찻집을 나간 어머니의 기억이 순간 모호해졌다.

'이제부터 같이 사는 거야? 날 데리러 온 거야?'

철이 일찍 든 소년은 그런 질문을 할 수 없었다.

"수성아, 뭘 사줄까?"

어머니는 다정하게 그의 얼굴을 들여다보았다. 현수성은 손가락으로 테이프 레코더를 가리켰다. 어머니를 만난 것보다 테이프 레코더를 손에 넣은 것이 더 기뻤다고 그는 회상했다. 만국 박람회가 열리기 직전이었던 오사카는 훈풍을 타고 들떠 있었다. 길 가는 사람들도 그 분위기 속에서 활기에 차 있다. 그는 손에 테이프 레코더를 들고 어머니와 걸었다. 그러나 응석을 부릴 수 있었던 불과 몇 시간은 순식간에 지나갔다. 자신을 낳은 모친은 그녀의 집으로, 현수성은 학대와 굶주림이 기다리는 아버지와 계모의 곁으로 돌아갔다.

6 오사카에 있는 유서 깊은 전망 탑. - 역주

이 사건이 현수성에게 있어 잔혹한 일이었는가, 아니면 어렸던 그의 마음을 조금은 위로해 주었는가. 그것은 확실하지 않다. 그러나 이제부터 현수성이 '다시 태어나기를 반복하는 듯한' 인생을 살아가게 되는 데에는, 어머니의 이런 행동이 계기가 되었다고 말할 수 있으리라.

'사람의 괴로움은 모두 집착에서 온다'는 현수성의 주장도 자신의 모친, 그리고 계모들과의 갈등 경험에 기반한 것임에 틀림없다.

계모는 현수성이 안고 있는 테이프 레코더를 보자마자 빼앗아 마루에 내던졌다.

"그쪽이 좋으면 그리로 가버려!"

계모는 침이라도 뱉는 것처럼 말했다.

여자들은 제멋대로였다. 그리고 연약했다. 감정을 차단한 채 살아가면 편하다. 그러나 철이 들었을 때부터 커다란 구멍이 가슴에 뻥 뚫려 있었던 현수성이, 그 공백을 메우려고 친어머니를 향한 그리움을 키워온 것도 무리는 아니다. 그 어중간한 정이 혼자서 살아가겠다 결심했던 그를 흔들어 댔다.

현수성은 중학생이 된 뒤 두 번 어머니를 만나러 갔다. 처음에는 미에현에 사는 해녀 새어머니의 집에서 60km를 걸어갔다. 그러나 현관에 도착하자 새아버지와 딸들이 웃는 소리가 들려왔다. 현관에 서서 몇 번이나 망설이던 그는, 결국 초인종을 울려 보지도 못하고 똑같이 머나먼 길을 걸어서 돌아갔다. 오래지 않아 다시 어머니 곁으로 도망쳤을 때도 해녀 새어머니의 집에서 출발했다. 마중 나와 달라고 어머니에게 전화한 뒤, 10시간이나 걸려서 차를 끌고 온 어머니와 만났다. 그는 이제 예전의 생활로 돌아갈 순 없었다.

하지만 거기서 기다리고 있었던 것은 옛날 자신을 쫓아냈던 그 남자였다. 노골적으로 현수성을 싫어하던 그는 뜨거운 물을 마구 끼얹는 등 학대를 가했다. 계부는 단 사흘 만에 현수성에게 말했다.

"이제 니시나리로 돌아가."

어머니는 현수성을 감싸 주지 않았다. 한 번 현수성을 버렸던 모친은, 단 사흘 동안 어머니 노릇을 함으로써 결국 두 번이나 그를 버린 셈이다.

또다시 체념이 현수성을 덮쳤다. 그러나 그리움은 희미한 희망과 메마른 절망을 몇 번이나 몰고 온다. 그가 친어머니와 또다시 접점을 갖게 된 것은 고등학생 때였다.

어린 시절 그 스스로 종결지어야만 했던 친모를 향한 갈망. 그것은 현재 현수성을 찾아오는 상담자들이 끌어안고 있는 집착을 끊어 주기 위한 힘으로 바뀌었다.

어머니에게 돌아가는 길이 연이어 좌절되자, 중학생이었던 현수성은 드디어 삐뚤어지기 시작한다. 일단 주먹을 휘두르기 시작하면 극단적이고 철저하게 상대를 때려 부쉈다. 남이 보기에는 광기에 싸여 있는 것처럼 느껴질 정도였다.

그러나 그가 정말로 광기에 휘둘리고 있었던 것일까. 그는 공포가 사람을 조종한다는 것을 잘 알고 있었다. '처음에 약간만 미친 척하면, 상대가 알아서 공포심을 키워간다'는 것을 그는 초등학교 시절에 이미 경험했다. 그렇다면, 가족도 친구도 없는 현수성이 어느 정도 냉정한 계산에 의해 광기를 연출하고 있었다 해도 이상할 것은 없다.

행동거지로 보건대, 그는 단순 무식한 깡패는 아니었다. 패거리와 어울리는 것은 좋아하지 않았지만, 누군가가 괴롭힘을 당하면 중재하는 역할을 맡았다. 하지만 누군가와 각별히 친해지는 것은 언제나 경계하고 있었다. 방패를 들고 싸울 수는 없다. 자기 한 몸을 지키는 것도 벅찬데 누군가를 지켜 주는 것 따윈 귀찮았다.

"중학생이 되니까 신나 중독 때문에 신문 배달을 할 수가 없었어. 본드를 불면 기분이 좋아져서 싸워도 안 아프거든. 왜 그런 걸 했느냐고? 반 장난으로 해봤는데 끊을 수가 없었다고밖에 표현이 안 되네. 초등학교 때 담배도 피기 시작했고, 여자랑도 잤고, 뭐든지 다 했어. 본드 불어도 딱히 특별할 것도 없었어. 그런데 본드는 몸으로 직격탄이 오더라고."

'안 돼, 몸이 안 움직여.'

그럴 때 간단히 돈을 벌 수 있는 일은 노상 강도질과 빈차털이였다.

"나쁜 짓은 혼자 하는 게 좋아. 패거리가 생기면 벌이도 다 같이 나눠야 하잖아. 누가 잡히면 줄줄이 걸리기도 하고. 처음에 수법을 알려준 패거리들이 날 판 적도 있어. 마지막의 마지막까지 도망쳤는데, 잡혀 보니까 내가 주동자라는 거야. 그래서 '주동자임'이라고 쓰인 종이를 들고 경찰서에서 사진 찍힌 적도 있어. 동료라는 건 여차하면 날 팔아넘기는 법이야. 약한 녀석들은 다 그래. 경찰에 잡히면 부모가 데리러 오잖아. 그놈들의 부모는 울면서 걱정하고 그러지만, 난 반죽음당할 뿐이야. 다른 녀석들은 비행이니 뭐니 해도 결국 응석 부리는 것에 지나지 않아. 패거리랑 몰려다니면서 나쁜 짓을 하는 것에 쾌감을 느끼거나 자기 힘을 과시하고 싶은 것뿐이지.

하지만 난 놀려고 그런 짓을 하는 게 아니거든. 진짜로 생활비를 벌고 있는 거라고. 일주일 뒤까지 끼니를 때울 수 있을지 계산하면서 훔쳤어. 이거면 일요일 점심까진 먹겠구나, 뭐 이런 식으로. 절대로 잡히지 않도록 조심했어. 목장갑 같은 건 필요 없고, 교복 소매를 당겨서 손을 감싼 다음에 차 문을 열면 돼. 다들 욕심이 동해서 물건까지 손대니까 꼬리가 잡히는 거야. 난 현금만 손댔지, 증거는 절대로 남기지 않았어. 다른 놈들은 나처럼 필사적이질 않아.

그때 해녀 새어머니가 니시나리에 집을 하나 사서 세놓고 있었어. 남자 한 명이 세 들어 살았는데, 방이 남는다니까 거기에 내가 살기로 했어. 중학교 2학년 때 겨우 아버지 밑에서 나온 거지. 그 나이에 자취를 시작한 거야. 외롭다는 생각은 전혀 없었어. 겨우 자유다, 꿈에도 그리던 자유를 얻었다고 생각했지.

미에 현 새어머니는 해녀니까 바다 근처에서 나올 수가 없거든. 그 집에선 도저히 살 사정이 못 되어서 다른 사람에게 빌려 줬던 거야. 한국에서 밀항해 온 아버지를 쫓아서 일부러 일본에 왔는데, 일본 국적도 체류 자격도 없지, 일본어도 잘 못하지. 게다가 일본에 와보니까 현지처가 있지, 그 사람 인생도 참 기구하지. 외양간인지 헛간인지 모를 집에서 살았어. 절대로 친구 못 데려올 집이지. 니시나리엔 한국인도 많고 딱히 특이할 것도 없었는데, 이 어머니랑 살고 있으면 아무래도 시골 학교에서 튀는 거야. 집도 그 모양이고, 어머니는 일어도 못하고. 내 말도 잘 못 알아들었어. 얘기 같은 것도 안 했고. 날 학대하진 않았지만 그렇다고 정을 주거나 예뻐하지도 않았어. 입에 풀칠하는 생활을 하다가 겨우 산 집인데 해녀라서 자긴 살아 보지도 못했지. 그래서 남한테 세를 줬는데, 내가 거기서 살았어. 아버지에게 2만 엔 정도 생활비 받았지만 택도 없었지.

동네에선 되도록 눈에 안 띄도록 행동하고, 자금 조달은 다른 마을에서 했어. 동네에선 얌전한 아이라고 생각했을지도 모르겠군. 어쨌든 튀는 것만은 경계했지. 찍히면 당한다. 그건 이미 집에서 학습이 끝난 상태였으니까. 되도록 안 보이는 곳에 있을 것. 내가 살던 세계는 눈에 뜨인다는 이유만으로 얻어맞는 곳이었거든.

돈이 필요할 때는 어둠 속에 숨어 있다가. 걸어가는 회사원이나 고등학생을 등 뒤에서 벽돌로 힘껏 내리쳤어.

공포지. 맞은 사람은 사정을 모르잖아. 뒤에서 때린 녀석이 어떤 놈인지, 어떤 이유로 때렸는지도 몰라. 그럴 때의 공포는 몇 배나 돼. 인간의 상상력은 대단한 거야. 그걸 역이용해서 공포로 사람을 조종하는 거지.

생각할 여유를 주면 안 돼. 난 그냥 중학생이니까 반격당하면 끝이거든. 그러니까 과감하게 기습 공격을 하는 거야.

생각지도 못한 공격을 받으면 사람은 겁을 먹고 못 움직이게 돼. 그 충격으로 머리가 잘 돌아가지 않는 거야. 그건 어른이건 고등학생이건 똑같아. 그 대신 공격할 때 조금이라도 양심의 가책을 느끼거나 망설이면 안 돼. 미쳤다고 생각할 정도로 압도적으로 가격해야 상대를 제압할 수 있어.

벽돌로 갈기면 머리가 깨질지도 모르지 않느냐고? 그런 거 일일이 생각하면 일이 되겠어. 죽으면 또 어쩔 수 없는 거지, 어찌되건 상관없어, 그런 기백이 없으면 못 해.

딱히 양심의 가책 같은 건 없어. 괜찮아, 안 죽어. 그 정도론."

흥미로운 것은, 그렇게까지 작정하고 악랄하게 행동하던 현수성이 한편으로 진지하게 갱생할 길을 찾아 헤매고 있었다는 점이다.

현수성은 중학교를 나온 뒤 야간 고등학교를 다니면서 자동차 수리 공장에서 일하기 시작했다. 그러나 이미 신나의 쾌락에 취해 있었던 그는, 일하는 척하면서 페인트에 포함된 신나를 하루 종일 들이마셨다. 식사도 하지 않고 신나에 헤롱거리는 현수성을 붙잡아 준 것은 오키나와 출신의 공장 선배였다. 어머니의 내력이나 그간의 사정을 들은 선배는 현수성에게 말했다.

"넌 이대로 있으면 망가질 거야. 어머니가 계신 곳으로 가도록 해."

한 번뿐만 아니라 두 번이나 그를 버린 어머니였다. 선배의 말은 무시할 수도 있었다. 하지만 현수성은 그 말을 계기로 삼아 니시나리를 뛰쳐나왔다. 중학교를 졸업한 뒤 현수성에 대해서 거의 관심을 가지지 않던 아버지는 그의 행적에 대해 아무 말도 하지 않았다.

아버지는 이미 먼 옛날에 자신을 버렸다고 현수성은 생각했다. 아버지의 여자에게로, 그리고 또 새로운 여자 곁으로 가느라 둘이서 자주 기차 여행을 했다. 그러나 아버지다운 말은 한 번도 해준 적이 없다. 그가 가르쳐 준 것이 있다면, 노예처럼 순종하는 것과 맞지 않도록 24시간 신경을 곤두세우는 요령 정도다.

지금 상황에서는 오히려, 돈을 벌 수 있게 된 현수성이 아버지를 버렸다는 표현이 실제에 가까웠다.

현수성은 당시 아카시에 살고 있었던 친어머니의 곁으로 갔다.

가보니 두 번이나 자신을 내쫓았던 계부가 있었다. 물론 지금도 그는 환영받지 못하는 손님이었다.

그러나 현수성에게는 이번에야말로 잘될 거라는 확신이 있었다. 이번에는 일을 할 수 있다. 경제적으로 신세를 질 일은 없다. 그러니 짐덩이 취급당할 일도 없으리라.

몇 번이나 배신당했지만, 마음속 어딘가에서는 자신을 낳아 준 친어머니를 믿고 있었다. 이 시절의 심정에 대해 질문했지만, 현수성은 그저 희미하게 웃을 뿐이었다.

"세상을 너무 만만하게 봤던 거지. 아직도 수행이 모자랐던 게야."

1972년, 현수성은 어머니가 사는 아카시로 이사했다. 고등학교의 전학 수속도 마쳤다.

이번에는 초밥집에서 일하게 된다.

'초밥집에서 일하면 초밥은 맘껏 먹겠지?'

그것이 일을 선택한 이유였다. 초밥집이긴 하지만, 슈퍼마켓에서 파는 비닐 포장 초밥을 만드는 일이었다. 커다란 공장에서 아침부터 밤까지 그저 생선을 다듬기만 했다. 그저 아무 생각 없이 할 수도 있는 일이지만, 현수성은 유달리 머리가 좋았다. 어떻게 하면 효율을 최고로 올릴 수 있을지를 계속 궁리했다. 초밥 공장에서 비닐 포장을 하는 일이라도, 시간을 아주 조금 절약하는 것뿐이라도 그 태도에는 변함이 없었다. 남들보다 빨리, 좀 더 효율적으로. 매일같이 반복하는 노동 때문에 생선 비린내가 온몸에 배었다. 하지만 그는 상관하지 않고 인간 기계로서 누구보다 성실하게 생선을 다듬었다.

생선 다듬는 일에 익숙해지자 담당 부서가 바뀌었다. 김말이 초밥을 만드는 일이었다. 이번에는 끝없이 김을 만다. 그다음에는 손으로 쥐어 만드는 초밥 담당으로 이동했다. 끝나지 않을 듯이 느껴지는 오랜 시간 동안 계속 초밥을 쥐었다. 밥을 움켜쥘 때 오랜 시간이 걸리지 않도록, 손으로 두 번 잡으면 초밥 모양이 완성되게 연습했다.

로봇 같은 단순노동이 계속되었지만, 현수성은 기술자가 되려고 노력 했다. 그전까지 빈 집에서 들개처럼 지내고 신나 냄새에 젖어 있었건만, 마음을 고쳐먹고 고등학생으로서 새로운 인생을 살아가려 했던 것이다. 그러나 신나 중독 3년의 후유증인가, 아니면 그전의 가혹했던 생활 때문 인가. 그는 갑자기 쓰러져 실신하고 만다.

현수성의 인생은, 마치 누군가가 노리고 있는 것처럼 신체 내부에서 변화가 시작되곤 했다. 순조로운 나날은 오래가지 못하고, 반드시 역경 이 들이닥친다. 만일 이때 쓰러지지 않았다면, 그는 전혀 다른 인생을 살 게 되었을 것이다. 그러나 그리되지는 못했다.

회사는 현수성의 실신을 몇 번 눈감아 주었다. 그러나 연이어서 쓰러 진 어느 날, 끝내 그는 해고되었다. 고등학교도 그만둘 수밖에 없었다. 낮에도 집에 있게 된 현수성과 계부의 사이는 날로 험악해졌다. 그는 몸 이 회복되자마자 다시 초밥집에 취직했다. 이번에는 공장이 아니라 정 식 초밥 가게였다.

그곳에서 현수성은 열심히 노력하는 청년으로 보였다. 재기하기 위해 필사적으로 일했고, 같이 사는 가족들의 일원으로 인정받으려 했다.

그러나 17세가 되었을 때, 그는 한 번 죽어야만 했다.

어느 날 약을 잔뜩 먹고 자살하려 했던 것이다. 그를 발견한 것은 새아버지였다. 구급차를 타고 병원으로 갔다. 의식 불명 상태의 위 속에서 의사들이 찾아낸 것은 알약 82정이었다. 이후 사흘간 혼수상태에서 헤매다가 겨우 깨어났다.

자살하려 했던 그의 머리맡에는 유서가 있었다고 한다.

"왜 자살했는지 기억하고 계신가요?"

내가 물을 때마다 현수성은 이렇게 말했다.

"그런 옛날 일은 벌써 잊어버렸어."

그러던 그가 무슨 바람이 불었는지 질문에 대답해 준 것은 연말 즈음이었다. 그날 어머니에게서 연락이 왔다고 한다. 현수성은 앞뒤 없이 갑자기 이야기를 시작했다.

"집 근처에 '아카시야'라는 잡화점이 있었어. 언제나 친절한 주인이 생글생글 웃으며 일하는 가게였지. 어느 날 언제나처럼 물건을 사러 갔는데, 매대에 라도 손목시계가 놓여 있는 거야. 그걸 보고 아, 갖고 싶다 하고 생각했어. 그랬더니 다음 순간, 시계가 주머니 속에 있더라고."

전혀 의식하지 않은 순간에 발생한 일이었다. 훔칠 생각 따윈 없었는데, 무겁고 차갑게 잘그락거리는 감촉이 손 안에 느껴졌다.

"섬뜩했어. 발밑이 꺼지면서 지옥으로 떨어질 것 같았지. 필사적으로, 성실하게 일하면서, 자신의 악한 부분을 부정하면서 살아갈 작정이었어. 하지만 그걸 손버릇이라고 하나? 무의식적으로, 몸에 배인 습성에 따라 훔치는 거야. 내 손인데 내 손이 아닌 것 같은 기분이었어. 그 시계를 어디에 숨겨야 좋을지 모르겠어서 밤에 몰래 뜰에다 묻었어. 다음 날 아침에 그걸 다시 꺼내서 일부러 니시나리까지 갔어. 니시나리에 가서 어느 집 지붕에 던져 버렸어. 왜 니시나리로 갔는지도 몰라. 그다음에 바로 자살했으니까.

유서에는 이렇게 썼어.

'착한 사람이 되지 못해서 죄송합니다.'

그날까지 난, 내 안의 악과 처절하게 싸우고 있었던 걸 거야. 내면의 죄악을 깨끗하게 없애 버리고 새 사람이 되어서 살아가자, 그렇게 생각했어.

하지만 그런 게 아니었던 게지. 물욕이 생긴 순간서부터 내 안에 살아 숨 쉬어온 악을 봉인하려 했다니, 착각이었어. 난 확실하게 자신의 악을 보고 말았던 거야.

그리고 인정했어. 내 안의 악을 없애는 건 무리다. 이제 반성하는 건 됐다. 나 자신을 인정하자. 인정하고, 살아가자. 그렇게 결심했지."

현수성은 자기 내면의 악을 없애는 것을 포기했다. 악이란 어디까지나 따라오는 그림자 같은 것이라는 걸 깨달았던 것이다. 대신 그 악까지 포함해 자신을 받아들였다. 그러려면 한번 죽었다가 살아나는 것처럼 거대한 힘이 필요하다.

신주쿠 구호센터에는 현수성의 아버지처럼 학대를 일삼는 남성도 상담하러 온다. 어머니처럼 아이를 방치하는 여성도 찾아온다. 그러나 현수성은 전혀 괴로워하는 일 없이 그들을 받아들였다. 그들의 비겁함이나 연약함에 어떤 평가나 중재도 하지 않았고, 감정적으로 움직이지도 않았다.

자신의 가치 판단을 굽히면서까지 억지로 그들을 이해하려는 자세가 아니었다. 내면에 비슷한 악을 가진 사람으로서 공감한다, 그런 느낌도 없었다. 그저 그는 모든 상담자의 선한 면이건 악한 면이건 상관없이 삼켜 버리는 것이었다.

그 정도의 힘을 지닌 인간이 상대에게 자기 잣대를 들이대지 않고 모든 것을 받아들인다니 믿을 수 없는 일이었다. 자신의 모든 것을 긍정하기로 결심했던 과거가 현수성의 태도에 영향을 미치고 있는지도 모른다. 자신의 내면에 금기가 없으니, 남의 내면을 자기 잣대로 판단하고 기피할 리도 없으리라. 사람의 가치 판단이란 자기 자신의 내면을 평가할 때 쓰이는 거울 같은 것이니까.

아버지와 어머니. 이 두 사람과의 갈등은 그 뒤로도 계속되었다.

현수성의 자살 미수 이후, 새아버지와 사이가 나빠진 어머니는 다른 남자를 만났다. 현수성은 초밥집을 그만두고 그 남자와 차린 새 거처로 따라갔다. 어머니는 눈 깜짝할 사이에 그 남자로부터 버림받았으나, 질리지도 않는지 즉시 다른 남자를 사귀었다.

결국 아버지 때와 똑같은 상황이 반복되었다. 남자들 모두가 현수성을 애물단지로 취급했다.

견디기 어려웠던 현수성은 어느 날 어머니에게 물었다.

"엄마, 자식이랑 남자 중 고르라면 어느 쪽을 선택할 거야?"

"남자."

현수성은 알고 있었다. 물리적으로는 가까울지 모르나, 정신적으로는 이미 초등학교 이전에 버림받은 몸이다. 시간이 아무리 지나도 부모의 정 같은 건 느낄 수 없다. 이 그리움을 잘라 내야만 한다. 집착을 버려야만 하는 것이다.

그렇게 생각했음에도, 이후 사업에서 크게 성공한 현수성은 모친에게 회사 하나를 통째로 넘겨주었다. 모친뿐만이 아니다. 부친도 다른 형제들도 현수성이 성공하자 그에게 접근하거나 돈을 뜯으려 했다. 조폭마저 겁먹게 만들던 그도 가족에게는 돈을 나눠 줄 수밖에 없었다.

그러나 어머니는 자신의 회사가 기울자 빚을 전부 현수성에게 떠넘기고, 채권 회수를 위해 조폭까지 끌어들였다.

그리워하면 할수록, 이번에야말로 믿자고 생각하면 할수록 배신당한다. 제아무리 현수성이라 해도 그 괴로움에서 쉽게 빠져나갈 수는 없었다.

2009년 현재. 아직도 어머니는 그에게 전화를 걸곤 한다.

"수성아, 어떻게 지내니?"

그렇게 말하면서.

"왜 전화하는지 뻔하지. 돈이야 돈. 그게 아니라면 신주쿠로 만나러 오면 되잖아. 얼굴이라도 비추면 좋지. 하지만 절대 안 와. 내가 무서운 거야."

아버지는 이미 이 세상에 없다.

카케코미데라를 시작한 지 7년. 현수성의 지금 심경은 어떨까.

"어머니에 대한 그리움은 20대 때 정리했어. 지금 와보니 그러길 잘했다는 생각이 들어. 조금이라도 잘해 줬다는 기억이 있었어 봐. 평생 거기에 휘둘리면서 은혜를 갚아야 한다는 압박감에 시달리겠지. 하지만 잘해 준 기억이 하나도 없으면 그럴 필요도 없지.

전화를 걸어와도 아 그런가요, 네네, 이런 수준이야.

난 부모에게서 완전히 자유야.

하지만, 부모에 대해서는 20대 때보다 30대, 30대보다는 40대, 40대보다는 50대인 지금 더 감사하게 돼. 내가 이렇게 강해진 건 그들 덕이니까.

그 두 사람이 나를 이렇게까지 강하게 만들어 준 거야. 나보다 강한 사람은 아직 만난 적이 없어. 나도 처음부터 강철의 마음을 갖고 태어난 건 아니야. 처음에는 창호지만큼 연약했지. 하지만 그런 얇은 종이라도 겹치고 겹쳐서 몇 장이고 붙이면 손가락으로 뚫을 수 없게 되지. 난 두 번 다시 이런 작은 고민에 걸려 넘어지지 않아, 덕분에 하나 배웠다……. 그렇게 생각하면서 살아왔어. 그것이 날 지탱한 거야.

내가 뭐 하나 갖지 않고 자유롭게 살 수 있었던 것은 부모를 타산지석으로 삼았기 때문이야. 그것만은 틀림없어."

현수성은 부모님을 향한 그리움은 정리가 끝났다고 말했다. 이미 바싹 말라비틀어진 고독. 그러나 지금도 절연한 것은 아니다. 아직도 전화로 통화하고 있다. 역시 돈 외에도 보이지 않는 끈이 있는 게 아니냐고 그렇게 물었지만.

"평범한 가정에서 자란 사람은 절대로 이해하지 못할걸."

억양 없는 말투로 대답할 뿐이었다.

떠나는 것과 머무는 것

1

2008년 어느 날. 현수성 앞에 앉아 있는 사람은 포동포동한 몸매의 여성이었다. 20대 전반. 키는 그다지 크지 않지만 체중은 80kg를 넘을 것 같다. 피부 결이 부드러운데다 무척 희다. 그녀는 터키탕에서 일하고 있었다. 풍만한 여자를 원하는 남성을 위한 업소라고 한다.

그녀의 얼굴에는 시퍼런 멍이, 부인할 수 없는 학대의 흔적이 남아 있었다. 눈 주위를 둘러싼 멍은 검푸른 색, 시퍼런 색, 붉은색으로 화려하게 구성되어 있는 것이 무슨 그라데이션 같았다. 그 중심에 있는 눈은 어떤가 하면 피부가 부은 탓에 잘 보이지도 않는다. 원래도 가는 눈이었을 터인데 더욱 작아 보인다. 입술도 찢어져 있었다. 그녀가 입을 열 때마다 작은 두 번째 입이 같이 벌어지는 것 같은 상황이었다.

현수성이 물었다.

"당신, 그런 얼굴로 손님 받을 순 있는 거야?"

"네."

아무 근심 없이 대답한다.

현수성은 남성 동지들의 욕망에 어이가 없어졌다. 이렇게까지 만신창이인 여자를 상대로 잘도 세우는군. 요컨대 이 여자의 손님들은 하반신만 붙어 있으면 아무래도 상관없는 것이다. 얼굴 같은 건 보지도 않는 거다. 좀 더 심하게 말하면 그녀도 인간이라는 사실에 아무런 흥미가 없다는 얘기다.

"손님들은 모두 잘해 줘요."

"아, 그래?"

아, 그래라고밖에 대꾸해 줄 말이 없군. 현수성은 마음속으로 중얼거렸다.

"무슨 일로 왔어?"

현수성이 묻자, 전혀 긴박감이 없는 얼굴로 그녀가 목을 기울였다. 같이 따라온 그녀의 친구가 잠자코 있을 수 없다는 듯이 입을 열었다.

"어쨌든 헤어지는 게 상책이라고 생각합니다."

친구라는 여성은 상담자와는 대조적으로 꽤나 날씬했다.

"이 사람은 점점 폭행 자체에 마비되고 있는 거예요."

이 사람도 사실 상담자와 친한 건 아니라고 한다. 상담자의 가게에서 조금 떨어진 터키탕에서 일하는데, 얼굴 상처를 보고 애인에게 맞은 게 아닌가 싶어 말을 걸어 봤단다. 자기 지인에게 그런 일이 있었던 것이다. 그래서 예전부터 알고 있는 신주쿠 구호센터로 데려왔다는 얘기였다.

폭행을 당한다는 상담자 본인이 한 얘기에 따르면 사정은 이렇다.

112

그녀는 원래 사무원이었다. 그러나 어느 날, 친구와 놀러 간 호스트 클럽에서 어떤 호스트를 만나게 된다. '운명의 만남'이었다.

처음에는 날라리 같아 보였지만, 이야기를 잘 들어 보니 다정하고 섬세했다. 게다가 자신에게밖에 말할 수 없다며 고민을 털어놓곤 했다. '너에게밖에 내 진심을 얘기할 수 없어'라는 말이 결정타였다.

그 호스트는 그녀의 집으로 굴러들어 왔다. 동거가 시작되자마자 그녀 외엔 상담할 사람이 없다며 심각한 고민을 털어놓았다. 뭐든지 상담하라는 그녀에게 호스트가 얘기한 심각한 고민이란, 아무리 돌려 말해 봤자 십중팔구 돈 이야기다.

이런 상담자의 경우 골치 아픈 부분은, '다른 사람들의 경우는 어떻든 간에 나만은 그의 진정한 사랑이다'라는 생각에 얽매여 있다는 점이다.

호스트의 수법은 단순하다. 다른 여성들의 존재를 암시하면서, 돈을 빌려 주지 않으면 헤어질지도 모른다는 공포를 부추긴다. 그러는 한편으로 상대가 기뻐할 만한 밀어를 변덕스럽게 뱉는다. 여성은 약간이라면 괜찮다며 돈을 마련한다. 그것으로 당분간은 좋은 관계가 지속된다. 그러나 남자는 또다시 돈 문제를 상담해 온다. 여성이 주저하면 차가운 기색을 내비쳐서 버림받을 것처럼 겁을 주고 돈을 내게 만든다. 당분간 또 달콤한 말을 속삭이다 다시 차갑게 대한다. 남자가 이 행동을 반복하고 있는 동안 여자는 차곡차곡 모아 왔을 저금을 다 써버린다. 그리고 드디어 남자가 권하는 대로 좀 더 돈이 잘 벌리는 직업으로 '이직한다'. 정신을 차려 보니 그녀는 터키탕에서 일하고 있었다.

이제는 그녀에게 자유로운 선택 따윈 존재하지 않았다. 돈은 억지로 빼앗기고 남자의 기분에 따라 폭행을 당했다. 그러나 그녀에겐 저금도 없고 안정된 직장도 없다. 도망칠 곳은 아무 데도 없었다.

가장 먼저 그녀가 잃어버린 것은 자존심이었다. 기댈 것이라곤 남자의 애정뿐. 도망칠 곳을 잃은 여자는 유일한 버팀목인 남자에게 필사적으로 매달렸다. 이젠 나쁜 방향으로 질질 끌려갈 뿐이었다. 수입을 쥐어 뜯는 남자는 증오에 가득 찬 표정으로 그녀를 걷어찼다. 머지않아 나이를 먹을 그녀에게 상품 가치가 없어지면, 단물을 다 빨아먹은 남자는 가차 없이 그녀를 버릴 것이다. 몸 파는 것밖에 모르는 여자는 안정된 직장을 찾아볼 생각조차 하지 않았다.

그러는 사이 남자는 상담자의 맨션에 다른 여자를 데려오기 시작했다. 자기가 빌린 방조차 자기 방이 아니게 되었다.

이 거리에선 너무나 흔해 빠진 이야기다. 그녀가 특수한 경우도 아니고, 특별히 문란했던 것도 아니다. 공립학교의 교사, 유명 여자대학의 학생, 40대의 직장 여성, 회사원 남편을 둔 가정주부. 그런 사람들도 똑같은 고백을 한다. 그저 대부분의 사람이 주변인의 고민을 모르는 것뿐이다.

그녀들은 모두 똑같다. 쏟아부은 것이 크면 클수록 필사적으로 속고 있다는 사실을 부정한다. 상담자 또한 남자의 불성실함을 인정하려 들지 않았다. '일 때문에 스트레스가 쌓였기 때문에' 그만 폭행을 휘두른다는 것이다.

"그래서? 결국 어떻게 하고 싶은 건데. 나는 당신의 인생에 참견하고 싶은 생각 없어. 하지만 그런 관계는 그다지 오래가지 못해. 당신이 일을 못 하게 되면 끝이야. 당신 빈털터리지? 당신 말고 돈을 대주는 여자가 생기면 그쪽으로 갈아탈걸. 그 남자는 그냥 기생충일 뿐이야.”

여자의 얼굴이 희미하게 일그러지는 것을, 현수성은 놓치지 않았다.

“다른 여자에게 남자가 옮겨 간다 한들 사태가 나빠지진 않아. 여자한테 일 시켜서 뜯어먹는 남자 따위, 당신이 나이 들면 미래가 없어. 당신 모습과 그 남자 모습, 객관적인 눈으로 잘 봐봐. 발정 난 동물 수준이라고.”

현수성의 독설은 용서 없이 쏟아졌다. 그러나 그것도 이미 계산된 행위. 그는 내게 이렇게 말했다.

“도내에 상담소는 얼마든지 있는데, 왜 일부러 내가 있는 데에 왔다고 생각해? 그 까닭을 알겠어? 그건 말야, 상담자도 맘속 어딘가에서 다 알고 있기 때문이야. 자기가 속고 있다는 걸. 그 남자에게 짓밟히고 있다는 걸 말이야. 그렇지만 스스로 집착을 버리는 건 너무 어려운 일이지. 속고 있다고, 이용당하고 있다고 인정하기가 싫은 거야. 그래서 딱 자르는 말을 내게서 듣고 싶어 하지. 현실을 직시하고 싶은 거야. 나는 여기 온 녀석들에게 일부러 충고 같은 거 안 해. 맘대로 하라고 하지. 하지만 여기까지 찾아왔다면 말해 주마, 거울을 잘 보고 정신 차리라고 말이야.”

현수성의 카케코미데라를 인연 끊는 곳이라고 부르는 사람이 있는 것은 그 때문이다.

“당신이 정말로 그 남자로부터 도망치고 싶다면 내가 어떻게든 해주지. 무사히 도망가게 해줄 수 있어. 이제 오만 정이 떨어질 때도 됐잖아. 손찌검을 하는 남자가 당신을 사랑한다고 생각해? 눈을 떠. 당신은 아직 젊어. 이제부터 얼마든지 다시 시작할 수 있어. 당신을 소중히 여겨 줄 상대가 분명히 나타날 거야."

잠자코 듣고 있던 여자는 이윽고 고개를 끄덕였다.

"하지만……"

여자가 입을 열었다.

"일을 그만두고 싶지 않아요."

현수성은 푸핫 웃었다.

"일할 가게 같은 건 얼마든지 있잖아. 때려 쳐. 뚱보 전용 가게는 널렸어. 그 가게에서 나오지 않으면 남자한테 붙잡혀서 만신창이가 될걸."

"하지만 전 뚱뚱해서, 어릴 때부터 모두 다 절 싫어했어요. 부모님도 사랑해 주지 않았어요. 아무도 제게 관심을 가져 주지 않았어요. 그렇지만 터키탕에서 일하면서 처음으로 남자 손님에게 귀엽다는 말을 들었거든요."

현수성은 젖어 드는 여성의 눈을 잠자코 바라보았다.

"손님들은 모두 저한테 잘해 주시고, 사무일 보시는 분들과도 사이가 좋아요. 그 가게를 그만두는 건……"

"카와사키에도, 이케부쿠로에도, 요코하마에도, 찾아보면 얼마든지 있어. 이런 가게는."

"……네."

사랑받고 있다는 건 착각이야. 남자한테 돈을 뜯기고 손님에겐 몸을 뺏기고, 그게 어디가 당신을 아껴 주는 거야. 무엇보다도 자기 자신조차 자기를 소중히 여기고 있지 않아.

"도망칠 거라면 오늘이라도 보내 주지. 어떡할래?"

"남자한테 차용 증서가 있으니, 그걸 돌려받으면 오겠습니다."

그렇게 돈을 빌려 줬는데도 불구하고, 상담자가 남자에게 빚을 진 것으로 되어 있다고 한다.

"당신, 얼마나 짓밟히고 있는지 알겠어?"

"네. 알고 있습니다. 내일 여기로 오겠습니다."

"안 오면 안 돼."

상담자는 둥근 얼굴을 끄덕였다. 멍만 아니면 귀여운 얼굴일 거라는 생각이 들었다.

"당신이라면 분명 할 수 있어. 잘 해나갈 수 있다고."

상담자의 눈에 눈물이 맺혔다. 그녀를 데리고 온 여자도 몇 번이나 고개를 숙였다.

그러나 약속한 날, 하루 종일 기다려도 상담자는 나타나지 않았다.

"……바보 같으니."

상담자가 어떻게 되든 상관없다는 태도로 항상 일관하던 현수성이 드물게 중얼거렸다.

"노예 해방 때, 노예들은 몸뚱이 하나만 가지고 자유로워졌어. 안정된 일자리가 있는 것도 아니었어. 아무런 보장도 없었지. 그런데도 자유를 선택한 거야. 자유보다 좋은 것이 있을까? 있을 리가 없지. 아까워."

사랑을 원해. 사랑을 원해. 사랑을 원해.

오랜 세월 그녀가 그렇게 염원하다 얻은 것은 도대체 무엇이었을까?

사랑받고 있다는 망상에 불과했던 걸까.

"의존증이야. 스스로 판단해서 진심으로 벗어나려고 하지 않는 이상,

거기서 나올 수 없어."

그러더니 현수성은 불쑥 중얼거렸다.

"집착이 그렇게 버리기 힘든 걸까……."

그는 잠시 코를 훌쩍거리더니 말했다.

"그럼 밥이라도 먹으러 갈까?"

그렇게 말한 순간 벌써 상담자에 대해선 잊은 것 같았다.

"자전거 양쪽에 붙어 있는 거추장스러운 보조 바퀴를 떼어 내고, 자유로이 어디든 가게 되는 거랑 똑같은 거야."

현수성은 다른 상담자에게 그렇게 말했던 적이 있다.

어떤 경우든 지금까지 익숙했던 생활을 바꾼다는 것은 힘들다. 때로는 칠전팔기의 고통도 맛보게 된다. 하지만 현수성은 그것을 결코 대단하다 생각하지 않는다. 때로는 '코딱지 같은 고민'이라고 표현할 정도다.

처음에는 좀처럼 동의할 수 없었다.

하지만 여기에 오는 사람들이 비슷한 길을 더듬다가, 집착을 놓아 버리고 혼자서 앞으로 나아가기 시작했을 때, 인간은 소중한 것을 잃었다 하더라도 완벽하게 자기 자신을 회복시킬 수 있다는 것을 깨달았다.

그것은 결코 꿈도 이상론도 아니라 단순한 사실이었다.

우리들이 가장 두려워하는 변화조차도, 사실은 자전거의 보조 바퀴를 없앴을 때의 불안과 비슷한 것이다. 그것이 현수성의 생각이다. 갑작스럽게 보조 바퀴를 떼어 내면 균형이 무너져 넘어질 테고, 다치기도 할 것이다. 하지만 결국엔 보조 바퀴 없이 달리는 방법을 배우게 된다. 쓸모없는 보조 바퀴를 떼어 내면 훨씬 더 멀리 갈 수 있다.

현수성은 몇 번이나 설명한다. 변화에 대한 불안이란, 나중에 돌이켜 보면 그 수준에 지나지 않는 것이라고.

"당신이 기대고 있는 것은 단순한 보조 바퀴에 불과해. 보조 바퀴 없이 자전거를 타는 게 훨씬 재미있어. 훨씬 자유롭고. 빨리 그 경지에 도달하지 않으면 안 되지."

이곳을 찾는 사람들이 불행하다는 것은 방관자의 시선일 뿐이라고 그는 힘주어 말했다. 상담자는 이제 필요 없어진 보조 바퀴를 떼어 내려고 이곳을 찾을 뿐이다. 그것은 크든 적든 누구에게나 찾아오는 변화일 뿐이다.

"의존하지 않고 살아가면 얼마나 자유로워지는지, 다들 빨리 깨달아야 해."

현수성의 일이란 보조 바퀴 떼는 법을 설명하는 것에 지나지 않는지도 모른다.

2

사람이 지금의 삶에서 도망치는 것이 너무나 간단한 일인 것처럼 써놓았지만, 사실 나는 인생을 바꾸는 일이 쉽다고는 결코 생각하지 않는다.

폭력을 휘두르는 자나 빚쟁이로부터 도망치는 사람들을 계속 봐왔지만, 그것은 상당한 용기와 각오가 없이는 불가능한 일이었다.

이번에 내 인터뷰를 흔쾌히 승낙해 준 사람은 시호(24세)다. 츄고쿠 지방의 어느 도시에서 가방 하나 들고서 현수성에게로 도망쳐 왔다. 날씬한 몸, 갈색 머리를 어깨까지 늘어뜨리고 모자를 깊숙이 눌러쓰고 있다. 모자를 눈 위까지 눌러쓰고 이곳에 찾아오는 사람은 무척 많다. 자신이 누구에게 쫓기고 있는지 확실히 아는 사람도 있고, 모자 속으로 숨어버리고 싶은 기분인 사람도 있을 것이다. 둘 중 어느 쪽이든 방어 심리가 작용하고 있는 것에는 틀림없다.

어릴 때 아버지를 여읜 그녀는 시설에서 자랐다. 그러나 초등학교 6학년 때 친어머니에게서 연락이 왔고, 같이 살게 되었다.

어머니는 시호의 남동생과 함께 살고 있었다. 남동생은 소중히 길렀다고 한다. 그러나 함께 살아 보니, 어째서인지 시호에게만 불합리한 학대를 가하기 시작했다. 그녀의 모친은 기분이 나빠지면 갑자기 시호를 때렸다. 시호는 그 이유를 전혀 알 수 없었다.

어머니는 중학생이 된 그녀를 음식점에 취직시키더니 급료를 모조리 빼앗아 갔다. 게다가 집안일도 전부 시켰다. 온 힘을 바쳐 가족을 위해서 일하는데도 시호를 전혀 칭찬하지 않았다. 아무리 열심히 노력해도 얻어맞을 뿐이었다.

고등학생이 된 시호는 참다 참다못해 가출했다. 그러나 어머니는 어떻게든 시호를 찾아내어 집으로 끌고 와 히스테리를 부리며 두들겨 팼다.

어머니는 좀 가라앉으면 시호에게 말하곤 했다.

"미안해. 어째서 이러는지 엄마도 모르겠어."

사정을 들어 보니, 어머니도 어릴 때부터 계속 학대당하며 자랐다고 했다.

그때의 트라우마가 딸인 시호를 볼 때마다 되살아나는 것일지도 모른다. 그러나 모친과 만나 보지 못한 우리들로서는 그 심리 상태를 파악할 수 없다. 그녀의 어머니가 보낸 휴대폰 문자에는 '뒈져라, 죽여 버릴 테다'라고 적혀 있을 뿐이었다.

그러던 어느 날 그녀의 친척 중 한 명이 텔레비전을 보고 현수성에 대해 알게 되었다. 혹시 이 사람이 시호를 도와줄 수 있지 않을까 생각한 친척은 지푸라기라도 잡는 심정으로 카케코미데라에 전화를 걸었다고 한다. 그리고 그녀의 참견 덕분에 시호는 어머니로부터 도망쳐서 도쿄로 왔던 것이다.

하얀 리스트밴드가 그녀의 팔에 끼워져 있었다. 사람과 눈을 마주치는 것이 고통스러운 듯 아래쪽을 바라보며 대답을 했다.

"지금은 어디 묵고 있어요?"

"현 소장님이 소개해 주신 피난처요. 시골에서 올라온 그날부터 거처를 빌려 주셨어요. 현 소장님을 아는 보호 시설이 일할 사람을 찾고 있기에 그곳에서 일하기로 했어요. 여기서 먼 호쿠리쿠라서 기숙사 제공이래요."

"다행이네요. 하지만, 현 소장님이 말씀하셨죠? 과거의 모든 인간관계를 끊어 버리고 살아가야만 한다고. 두렵지 않으세요? 아무도 모르는 곳에서 전혀 다른 인생을 살게 되는 거예요. 지금까지 사귀어 온 사람들에 대한 미련은 없나요?"

내가 그녀에게 이런 질문을 한 데에는 이유가 있다.

왜 모든 인간관계를 끊어야만 하는가? 스토커, 빚쟁이, 그 밖의 추격자들로부터 도망치기 위해서는 자신의 지인들에게 절대로 연락처를 알려선 안 되기 때문이다. 쫓기는 본인이 사라지면 주변 사람들에게 행방을 캐묻는 것이 고전적 유형인 까닭이다. 간 곳을 절대 말하지 않겠다고 지인들이 맹세한다 해도, 막상 협박당하거나 겁을 주면 그만 불어 버리고 만다. 사람이란 그다지 거짓말을 잘하지 못한다.

그러나 정말로 모른다면 추격 자체가 불가능하다. 주소를 알리지 않는 것은 사실 주변 사람들을 위하는 행동이기도 한 것이다.

그것이 당사자에게 있어서 제일 넘기 어려운 장벽이다.

도망치면 완전히 미지의 인생을 살아가는 다른 사람이 된다.

과거는 잊어버리고 처음부터 다시 출발하는 것이다.

A 현의 음식점에서 일하던 사람이 B 현의 보호 시설에서 근무하는 사람으로. 아는 사람도 연결 고리도 전혀 없다.

"미련은 없으신가요?"

그렇기에 내 질문에는 상당한 무게가 실려 있었다.

그녀는 처음으로 고개를 들었다. 그러더니 개운한 표정으로 나를 똑바로 바라보았다.

"아뇨, 전혀. 전 이제까지 살아오면서 한 번도 사람을 믿은 적이 없었어요. 제 삶도 딱 질색이었어요. 하지만 이곳에 왔더니 단 사흘 만에 제 인생을 바꿔 주었어요. 현 소장님만이 알아주셨죠. 제 마음을."

사흘 만에 모든 준비를 마쳤다. 현수성은 언제나 속전속결이었다. 그러나 모든 상담자에게 이렇게까지 해주는 것은 아니다. 그녀의 인생과 현수성의 인생이 닮았다고 느꼈기 때문일 것이다.

시호가 말했다.

"전 항상 부러워했어요. 평범하게 일하고, 평범하게 친구나 남자 친구를 사귀고, 즐겁게 사는 그런걸요. 평범한 생활이란 걸 해보고 싶어요."

그녀는 그렇게 말하더니 부끄러운 듯 웃었다.

"잘되면 좋겠네요. 힘내세요."

"감사합니다. 현 소장님은 제 수호천사나 다름없어요. 이 은혜를 평생 잊지 않을 거예요."

다음 날 아침, 그녀는 자원봉사자의 차를 타고 도쿄를 떠났다.

나는 다른 자원봉사자들과 함께 그녀의 출발을 자신의 일인 것처럼 기뻐했다.

그로부터 2주 후. 그녀의 후일담을 들려준 것은 사무 스태프인 후쿠다였다.

그것은 매우 뜻밖의 소식이었다.

"그 아가씨요. 시설의 노인분에게 멍청아, 병신아 그렇게 폭언을 해대서 금세 잘렸대요. 그 뒤로는 연락이 없어요. 그 시설에서 꽤나 폐를 끼친 모양이에요. 현 소장님은 아무 말씀도 없으시지만, 아마 엄청 실망하셨을 거예요."

나는 내 귀를 의심했다. '멍청아, 병신아'라니. 아마도 그녀가 어머니로부터 계속 들었을 말들이다. 그런데 왜 그녀가 똑같은 말을 하고 있는지, 나로서는 알 수 없었다.

'평범하게 살고 싶어요.'

그것은 그렇게나 어려운 일이었을까. 과거는 역시 간단히 지울 수 없는 것일까. 의문이 가슴속에서 몇 개나 끓어올랐다가 사라져 갔다. 그 후 시호에게서는 아무 연락도 없었다.

후쿠다는 분한 모양이었다.

"현 소장님이 곁에 계셨으면 달라졌을 거예요. 떨어져 있었던 게 아깝네요."

그날, 나는 구호센터에 들어오는 현수성을 붙잡고 말을 걸었다.

"현 소장님. 시호 씨 소식 들었어요. 안됐네요."

그렇게 말했더니 현수성은 나를 곁눈으로 보았다.

"왜? 전혀."

시원스럽게 말한다.

"네? 왜요?"

현수성은 내 쪽으로 몸을 돌리더니 말했다.

"료코. 그렇게 일일이 감정 이입했다간 일만 명은커녕 열 명도 못 구해. 그러다간 당신, 부서져 버릴 거야. 나는 일일일생一日一生이야. 과거를 돌아보지 말고 오늘을 살아간다. 어제 일 같은 건 잊어버렸어."

"하지만!"

더 말하려는 나를 놔둔 채 현수성은 상담실 문 너머로 사라졌다.

다른 스태프들도 시호의 이야기를 꺼내지 않았다. 나만이 과거에 몸을 걸치고 있었다.

수전노

1

현수성은 카케코미데라를 개설하기 이전의 삶에 대해 이야기하는 것을 좋아하지 않는다.

그의 신조는 일일일생. 지금 이 순간을 살아가는 것이다. 실제로 7년이나 이곳에서 사람들의 괴로움에 귀를 기울여 왔다. 어떤 것에도 속박당하지 않고 살아왔다. 이제 와서 옛날 일을 들려 달라고 해도, 남 얘기를 하고 있는 것 같은 느낌이라 그때의 기분이 잘 기억나지 않는다고 한다. 구호센터 이전과 이후로 단절되어 있는 그의 인생을 보면 이해될 만도 했다.

그러나 남들이 현수성의 과거로부터 그 독특한 사고방식의 근거를 찾으려 하는 것은 당연한 일이다. 도대체 뭐하는 사람인가. 그것을 모르는 채 그에 대해 말하는 것은 불가능하다.

나도 세상과 같은 의문을 갖고 있다. 왜 사람은 그에게 도움을 청하는

가. 왜 그에게는 그런 능력이 있는 것인가. 알고 싶었다.

그가 모습을 비출 때마다 붙잡고서 옛날 얘기를 해달라고 졸랐다.

"료코. 난 당신에게 현실을 냉정하게 직시할 힘이 있는지 의심스러워. 당신은 부검의론 실격이야. 내장이 튀어나오면 소릴 지르면서 눈을 돌릴걸."

"그럴까요?"

그런 말을 듣다니 의외였다. 티내지 않으려 했지만, 유감스럽게도 나는 얼굴에 속마음이 드러나는 타입이다.

"저널리스트로서 가장 중요한 것은 현실을 객관적으로 보는 것이라고 난 생각해. 부검의는 감정을 배제하고 시체를 시체로서 냉정히 봐야 하는 거야. 여긴 위, 여긴 소장, 여긴 심장, 여긴 폐, 이렇게. 현실을 냉정히 볼 각오가 당신에겐 없어. 사실과 감정을 떼어 놓고 보려면 감정 이입하지 않는 것이 중요해. 할 수 있어?"

저널리스트로서의 자질을 추궁당하는 것 같은 기분이었다.

"할 수 있어요. 할 수 있다고 생각합니다."

턱 밑에 칼날이 들이밀어진 채 각오하라고 협박당하는 것 같았다. 하지만 겁먹을 게 뭐가 있겠는가? 무슨 얘기를 듣는데도, 그래 봤자 남의 인생이라는 구분 정도는 하고 있다. 이 일을 맡았을 때 이미 결정했던 것이다.

게다가 감정 이입이 그렇게나 나쁜 것일까. 아무리 냉정한 사람이라도 결국 감정이 동기가 된다고 본다. 감정을 삽입하지 않고 쓴다는 것 자체가 좀 비현실적이라고, 나는 생각했다.

"그럼 얘기할까? 뭐가 듣고 싶은데?"

"현 소장님의 '제니게바'적인 부분입니다."

"제니게바?"

"네.「제니게바」란 탐욕에 불타올라 수단을 가리지 않고 돈을 긁어모으는 남자를 그린 만화의 제목입니다. 매스컴으로 알려진 구호센터의 현 소장님과 「제니게바」의 주인공은 닮은 데가 있다고 생각합니다. 하지만 수전노가 된 만화 주인공은 돈을 긁어모은 다음 파멸할 수밖에 없었습니다. 실제로 부자가 되겠다는 목표를 이룬 사람들이 그 후 어찌되는지는 아무도 모릅니다. 그 자리에서 굴러떨어지는 인간은 있겠지만, 자기 발로 정상에서 내려오는 사람은 없으니까요."

때마침 미국에서 시작된 금융 불황의 어두운 그림자가 일본을 뒤덮고 있던 시기였다. 지금까지 돈벌이에 매진하던 일본이 어떤 길을 선택할 것인가. 그것은 시대 분위기와도 겹쳐지는 의문이었다.

"수전노가 되는 사람의 심정을 알고 싶습니다. 어째서 수전노가 됐는지. 그리고 어떻게 모은 돈에서 손을 뗄 수가 있었는지."

"그런 거였어? 거기 놔둔 내 인터뷰 기사 읽어."

"그래선 정말로 안다고 할 수 없잖아요."

그 심경을 알고 싶다.

"「제니게바」라. ……그거 나도 봤어."

"그러세요?"

"응. 돈에 들러붙는 주인공이라길래 궁금해서. 하지만 그래 봤자 상상 속의 인물이지. 작가도 그다음을 상상할 수 없었던 거야. 진짜 제니게바는 지독해. 훨씬 더 지독한 탐욕이 나를 자극했었어.

료코. 나는 이미 다시 태어났어. 제니게바였던 전생 따윈 남의 일 같
아. 옛날에 했던 지독한 짓이나 조폭들과 다퉜던 일은 이제 얘기하고 싶
지 않아."

그때 탐욕스러웠던 것은 오히려 내 쪽이었는지도 모른다.

"하지만 알고 싶어요. 쓰고 싶습니다. 상담을 필요로 하는 사람들을 위
해서."

아니, 내 호기심을 위해서.

"그럼 얘기할까."

"네, 잘 부탁드립니다."

현수성은 나를 보더니 뭔가 알아차린 듯한 표정을 지었다.

인터뷰는 구호센터의 코앞에 있는 닭꼬치 가게에서 이루어졌다. 열려
있는 가게 문으로부터 비의 냄새가 들어왔다. 현수성과 잘 아는 사이인
가게 주인이 닭꼬치를 굽고 있다. 하얀 연기가 한가로이 감돌고 있었다.
나와 현수성은 카운터에 나란히 앉았다. 두 잔 정도 마신 후에 이야기가
시작되었다.

2

"뭘 얘기해야 좋을까.

만화 「제니게바」는 좀 모호했어. 그런 사람 잔뜩 있다고. 만화보다 훨
씬 지독해. 지옥 중의 생지옥이지.

돈의 매력이란 건 말이야. 백 엔의 우동밖에 먹어 본 적 없는 인간이 천 엔의 우동을 먹어 보면서 시작되는 거야. 이렇게 맛있는 건 처음 먹어 봐! 그러면 새로운 세상이 열리게 돼. 오천 엔짜리 우동은 어떤 맛일까. 만 엔짜리 우동은 또 어떨까? 그런 작은 것에서 시작해. 마음도 몸도 굶 주렸던 탓에 탐욕은 보통 사람보다 훨씬 심했어.

하지만, 하루에 보통 만 엔 버니까 돈을 쓸 수가 없지."

"그런가요?"

"그래. 그렇게 번 돈은 쓸 수가 없어, 잘 모아 둬야지. 하루에 십만이나 백만을 벌게 되면 그제야 지갑을 열게 돼. 그래가지고 목돈을 벌겠어? 성 실하게 일해선 평생 못 벌어. 친척도 연줄도 학력도 없는 조센징이 니시 나리에서 올라와 돈을 번다? 무리야. 우물 안 개구리나 꾸는 꿈이지.

거기서 기어오를 수 있을까? 말도 안 돼. 열심히 일해도 절대로 기어오 를 수 없는 시스템이야. 지금 일본 경제가 점점 더 냉각되는 중이잖아. 위 에 있던 놈들이 아래로 마구 떨어지고 있어. 그럼 아래 있는 놈이 위로 올 라갈까? 그럴 리가 없잖아. 아래에 있던 녀석은 더 아래로 떨어지지. 바 닥없는 늪이야. 위로는 못 가. 정직하게 해서는 절대로 못 가. 그저 아래 로 굴러떨어질 뿐이지."

"더 아래로 떨어진다고요?"

나는 맥주에 입을 대면서 멍하니 아쿠타가와 류노스케의 소설 『거미 의 실』을 떠올렸다. 극락에서 내려온 실 한 줄기에 죽을힘을 다해 매달 리는 모습이 우리들과 겹쳐진다.

어느샌가 가게에 손님들이 들이찼다. 돌아보니 이상한 기분에 사로잡

했다. 구호센터에 있으면 인간은 누구나 고민을 안고 살아간다는 생각이 든다. 그러나 이 가게 안에서는 모두들 아무런 걱정 없이 행복하게 살고 있는 것처럼 보인다.

"오늘도 맛있군."

현수성이 주인에게 말을 걸자, 그는 얌전히 고개를 숙였다. 나도 맛있다는 눈길로 맞장구를 쳤다.

현수성의 인생에 돈 이야기가 따라붙은 것은 매우 오래전 일이다. 그것은 생존에 직결된 문제였다. 초등학교 때 신문 배달을 시작했고, 그다음에는 자동차 수리 공장, 초밥집 직원 외에 여러 아르바이트를 했다.

17세에 자살에 실패한 후, 그는 도둑질을 하지 않게 되었다.

"자신 안의 악을 부정하지 않고 들여다봤더니, 그걸 조종할 수 있게 되더라고. 이제 훔치는 건 그만두고 돈을 벌자고 결심했어."

그러나 그때는 아직 미성년자였다. 뭘 할 수 있다는 말인가.

"아카시의 새아버지와 헤어진 뒤 어머니가 사귄 남자가 미장이여서 그 일을 도왔어. 그다음 남자는 고베에서 토건업을 하길래 미장이 일을 관두고 토건업에서 일했지. 너무 지긋지긋해서 집을 나오기로 결심했어.

돌아갈 곳도 없이 거리를 헤매다가 숙식을 제공하는 초밥 견습생으로 들어갔어. 미성년자라는 건 숨기고.

일을 한 번만 가르쳐 주면 완전히 외우는 게 내 특기야. 왜 그럴 것 같아? 똑같은 일을 반복하고 있을 여유가 없기 때문이지. 백 엔이라도 더 번다. 백 엔을 벌었으면, 다음에는 더 많이 번다. 그래도 욕심은 줄지 않아. 보통 집념이 아니었지."

가족과 연을 끊은 데다 학력도 없고 연줄도 없다. 그렇다면 자신의 힘을 최대한 끌어모아 돈에 집중하려 결심했다 해도 무리가 아니다.

"한번 일을 익히면 절대 잊어버리지 않았어. 똑같은 일만 하고 있을 순 없잖아. 그렇지? 백 엔이라도 더 많이, 다음 날에도 또 백 엔 플러스. 그다음 날도. 완전히 창의력 테스트였다니까.

처음에는 베테랑이 한 시간 걸리는 작업에 열 시간이 걸려. 그 차이를 점점 줄이는 거야. 그 외에 뭘 할 수 있겠어? 사람에게 똑같이 주어지는 건 시간밖에 없어. 시간만이 내 편이야. 60분에 만 엔 벌었다. 그러면 다음엔 55분에 만 엔. 그렇게 줄여 남은 시간엔 다른 일로 돈을 벌고. 그게 내 방식이었어.

초밥집에서 외운 것은 반드시 적었어. 그리고 두 번 다시 잊어버리지 않게 연구했지. 몇 달 동안 그것을 마스터한 뒤에 다른 가게로 가.

다음 가게에서는 몇 개월밖에 안 해 봤다는 걸 숨기고 3년 했다고 허세를 부렸어. 나이도 속이고. 하지만 나이에 무슨 의미가 있지? 만날 이름도 바꿨던 내게는 나이건 이름이건 상관없었어.

허세용 잔재주도 부렸어. 가지고 있던 회칼을 보여 줬더니 가게 사람들이 놀라더라고. 그럴 만도 한 게, 엄청나게 낡은 칼이었거든. 칼자루는 인간 손 모양에 맞춰서 변형됐고, 6마디 중 3마디가 닳아서 없어졌을 정도야. 예전 직장에서 버리려고 하는 낡은 칼을 가져온 거야. 남들은 그것만으로도 놀라지. '이놈은 굉장한 경력자'라고. 슈퍼마켓용 초밥을 만든 경험밖에 없어도, 아침부터 밤까지 종일 초밥을 만들었으니 손놀림은 괜찮거든. 생선도 똑같이 매일매일 다듬었으니까 꽤 하잖아. 그러니 가게 사람들도 내 말을 믿어 줬지.

직종이 초밥집이라는 점도 내게는 행운이었어. 초밥집은 각각 전통이 달라서 계란말이 만드는 법에서부터 장어를 다듬는 방식까지 전부 다르거든.

'전 이렇게 배웠는데요, 이 가게는 어떤 식으로 조리하나요?' 그렇게 물으면서 버텼지. 갑자기 처음부터 나더러 해보라고 하면 못하겠지만, 남의 기술을 따라하는 건 내 특기거든. 그렇게 경험을 쌓아서 또 다른 곳으로 옮기는 거지.

사실은 초밥 견습생이 배워야 하는 것은 장인의 혼이야. 밥 짓는 데 3년, 프로가 되기까지 6년은 걸려. 하지만 난 그런 거 필요 없었어. 겉모습만 흉내 낼 수 있으면 됐지. 그렇게 기술을 몸에 익힌 다음에 백 엔이라도 더 주는 가게로 갔어. 사내 분위기가 훈훈한 가게도 있었어. 그대로 머물렀으면 요리사가 됐겠지.

하지만 자기 가게를 열지 않는 한 요리사는 20만 엔에서 25만 엔 정도밖에 못 받아. 내 가치가 그 수준인가? 난 더 많이 벌 수 있어. 훨씬 더 벌 수 있어. 그런 생각에 가게를 쉽게 그만뒀어. 미련도 없었고.

사내 분위기? 맘 좋은 동료? 그런 것보다 돈이야. 그 무렵에 우연히 만난 고교 동창이랑 결혼했지, 임신했거든. 집 살 때 드는 돈은 전부 대출로 메웠어. 쥐꼬리만 한 초밥집 급료 가지곤 생활도 어려워. 초밥집을 관두고 아내와 폐휴지 수집에 나섰어. 카바레 삐끼, 막노동, 묘지의 청소까지 했지. 아이 출산 비용을 대고 새로운 생활을 시작하기 위해 죽을 만큼 일했어. 하지만 전혀 나아지지 않았어.”

"그렇게 힘겨운 생활을 하다가, 나중에는 몇 억씩 벌어들이게 된 거네요. 빈곤한 상담자들에게 하는 충고는 이때의 경험을 바탕으로 삼은 건가요?"

현수성은 고개를 저었다.

"글쎄. 몇 번이나 말했지만 내가 긁어모은 방식은 일반적이지 않아. 특수한 경우야. 나처럼 되고픈 사람이 있다면, 당신을 위해서 하는 말이니까 그만두라고 대답할 거야. 배경 자체가 너무 달라. 나도 그런 인생을 살고 싶어서 산 게 아냐. 돈에 미친 듯이 집착하다 보니 우연히 이렇게 된 것뿐이야. 어떤 의미에선 이것도 운명이겠지."

현수성은 입맛을 다시며 소주를 목구멍으로 넘겼다.

22세가 된 그는 목수에 눈을 돌렸다.

"막노동이랑 미장이 해보니까 목수 일이 괜찮아 보이더라고. 솜씨가 좋으면 하루에 2만 엔 이상 벌 수 있어. 그중에서도 내장 목수보다는 형틀 목수가 좋겠다고 생각했지. 내장 목수는 도구 사는 데 돈이 들거든. 하지만 형틀 쪽은 대충 5만 엔이면 도구를 다 살 수 있어. 형틀 목수가 뭐냐면, 맨션 같은 건축물의 토대를 만들 때 콘크리트를 부어 넣고 거푸집 잡아 주는 일을 하는 사람이야. 내장 목수는 인테리어를 해야 하는데, 난 학교도 안 나와서 그런 건 못할 것 같더라고. 하지만 형틀 일은 패턴이 똑같으니 편하지."

"목수란 게 간단히 될 수 있는 직업인가요? 전문 지식이 없으면 건설 도면도 보기 어려울 것 같은데요."

"목수란 건 어디나 있잖아. 그 일을 하려면 어떻게 해야 할까? 어떻게 하면 일을 배울 수 있을까? 그걸 열심히 생각해야지. 초밥이든 목수든 다 돈을 보고 선택했어. 어떤 불순한 동기든 간에, 중요한 건 열정이야. 견습은 24만 엔밖에 못 받는다, 하지만 30만 엔 받고 싶다. 장인 정신 같은 건 필요 없어. 10년 선배랑 똑같이 일당을 받으려면 어떻게 해야 할지 필사적으로 생각하면서 일을 배웠어.

베테랑이라면 한 시간에 끝낼 일이지만, 난 그렇게 못 해. 어떻게 하면 되겠어? 아침 7시에 현장 일이 시작된다면, 나는 3시간 일찍 출근하는 거야. 저녁도 똑같이 3시간 잔업하고. 비오는 날에는 야외 작업을 못 하거든? 그러면 내부 작업에 매달리는 거지. 남들보다 1.5배 일하면 베테랑의 80% 수준까지 따라잡을 수 있어. 그래서 16시간 현장에서 일했지. 화장실 갈 새도 없었어.

못 박는 것도 한참 궁리했어. 남들이 못을 22개 박을 때, 12개로 충분히 끝낼 수 있는 방법을 찾아냈지. 그러면 조립할 때도 해체할 때도 시간을 아낄 수 있잖아. 그래도 만족하지 않고 5분 더 단축할 수 없을까, 10분 단축할 수 없을까, 그렇게 항상 연구했지.

망치도 남들보다 더 긴 걸 사용했어. 그러면 남들이 칠 수 없는 부위의 못도 칠 수 있거든. 매일, 매초마다 진화해서 남들이 10년 걸려서 배우는 것을 2년 반 만에 끝냈어. 집념의 힘이지."

그러던 어느 날 이런 일이 일어났다.

"감독이 도박하다가 빚을 지고 야반도주했어. 현장은 80% 정도 되어 있었고, 감독이 도망갔으니 완성해도 돈을 못 받잖아. 당신 어떡할 거야? 라는 질문을 받고선 '제가 마무리하겠습니다'라고 대답했어.

맨션을 지은 다음에 받기로 한 보수가 3백만이었다고. 그걸 놓칠 순 없지. 내 눈앞에서 돈이 도망가는 걸 손가락 물고 지켜볼 만큼 여유 있는 처지가 아니었거든.

그때 나는 도면도 못 읽었어. 옆에서 보면 허풍쟁이도 이런 허풍쟁이가 없지. 하지만 신경 안 썼어. 그게 내 삶의 방식이야. 허풍을 친 이상 수습하는 수밖에 없어.

일을 해결하는 창의력이 제일 중요해. 나는 다른 사람들은 어떻게 하는지 훔쳐보면서 했어. 집념만 있으면 그런 무모한 짓을 하면서도 건물을 지을 수 있더라고. 일하다가 다음 절차를 모르겠으면, 밤중에 다른 현장에 잠입해서 만들어 놓은 걸 다 뜯어봤어. 그걸 머릿속에 우겨 넣은 다음에 아침이 오기 전에 뜯어 놓은 걸 다 원상 복구 해놨었지. 그런 식으로 일을 마친 다음에 겨우 독립해서 직접 하청을 받기 시작했어.

못 믿을지도 모르겠지만, 그런 식으로 맨션을 몇 채나 지었다고. 지금도 그곳에 서 있을걸. 순풍에 돛단 듯했어. 그렇게 잘 풀려 나갈 것 같았는데……. 내 인생에는 꼭 문제가 발생하더라고. 그런 콘셉트인가 봐."

목수가 됐을 무렵, 지기 싫어하는 현수성은 남들의 두 배 이상 일했다고 한다. 남들은 2장도 힘들다는 대형 콘크리트 패널을 4장 짊어지고 옥상에 올라가던 그에게 불행이 닥쳤다.

"바람이 센 날이었어. 패널이 바람에 흔들리는 통에 허리를 세게 삔 거야. 너무 아파서 진찰을 받았더니 추간판 헤르니아[7]라는 거야. 그게 운명

7 등뼈의 충격을 흡수하는 추간판이 손상된 것. 보통 디스크라고 통칭. - 역주

의 갈림길이 됐지."

현수성은 입원해서 수술을 받게 되었다. 노동 피해보험에서 하루 만 엔이 나왔다. 우연히 양로보험에도 들어 있었기에 보험금이 두 배였고, 양쪽 다 비과세였다. 노동자 피해보상 보험 7급이라는 판정도 나왔다.

"정말로 그랬을까? 나를 봐. 허리도 멀쩡하지. 하지만 일부러 구부러 졌다고 죽는 소리를 해서 피해자 판정을 받은 거야. 애초에 수술 자체가 정말 필요했는지도 의문이야. 별로 대단한 부상이 아니라는 건 자기가 제일 잘 알고 있었어. 하지만 계산을 했던 거지. 수술하면 목돈이 들어온 다고. 목돈만 있으면 선택의 폭이 넓어지지. 그 현금은 이른바 내 몸을 잘 라서 만들어 낸 돈이야. 목숨이나 마찬가지지.

그렇게 해서 돈을 손에 넣긴 했는데, 몸도 못 움직이는 상황에서 뭘 할 수 있을까 궁리하다가 손댄 것이 인부 파견업체였어."

인부 파견업체란 일용 노동자에게 현금을 주고 건설 현장으로 파견하 는 회사를 가리킨다. 브로커에게 현장 소개료를 왕창 뜯긴 인부들은 불 합리하게 착취당하지만, 현금이 당장 필요한 사람들이라 참을 수밖에 없다. 목수하던 시절에 파견 근로의 실태를 지겹도록 봤던 현수성은 생 각했다.

"그거라면 절대 손해는 안 본다."

자신의 건강을 돈으로 바꾼 그는 사람을 사고파는 직업에 뛰어들었다.

"그거, 악질 사업이야. 아침 여섯 시에 인부들이 모이는 장소에 가서 만 엔에 하지 않겠느냐고 사람을 모으지. 하지만 사실은 인당 만 오천 엔이거든. 사람 좀 모아 온 것만으로 인당 오천 엔을 꿀꺽하는 거야. 누워서 떡먹기라는 게 바로 이런 거지. 사람 머리통이 전부 오천 엔 지폐로 보였어. 줄을 선 인부들을 보면서 오천 엔, 오천 엔, 오천 엔…… . 모두 중요한 상품이지. 숙식 제공으로 인부를 끌어들인 다음에, 계약이 만료될 때까지 일하면 급료를 지불하겠다고 계약을 맺어. 그래 놓고 계약 만료될 때쯤 심복을 시켜서 무지막지하게 괴롭히는 거야. 인부가 돈 한 푼 못 받고 뛰쳐나가게 만드는 거지. 그런 식으로 3년 만에 내 빌딩을 세웠어. 이 사업에서 제일 중요한 게 뭔지 알아?”

나는 고개를 저었다.

“사람을 파악하는 눈이야. 딱 한 번 보고 사람을 간파하는 특기가 여기서 빛을 봤지. 열흘 계약하는 데 매달 오십 명이 바뀌어. 1년이면 육백 명이상, 14년 동안 만 명이 넘는 남자들을 부렸으니까. 딱 보고 한눈에 사람을 간파하는 거야. 일단 자기소개를 시켜. 그러면 얘기하는 동안 이 사람은 미장이에 어울리겠군, 이놈은 도박하는군, 이놈은 술버릇이 나쁘군, 그런 게 보여.

사람을 볼 때는 과거에 비추어서 프로파일링 같은 걸 하면 안 돼. 자신의 기준이 있으면 반드시 잘못 판단하게 되어 있어. 아무 선입견도 없는 상태에서 상대를 봐야 해.

엄청난 집중력이 필요하지. 정체도 모르는 남자들을 고용하는 거라고. 그놈들은 오늘 현장에서 죽을지도 모르고, 자는 사람 목을 조를지도 모르는 신원 불명의 사내들이야. 그런 녀석들이 한 번에 오십 명이라고. 그걸 순간적으로 판단해야 하니 목숨을 걸고 해야지.

소문을 듣고, 정보를 모으고, 옷차림새를 보지. 현장에서 돌아왔을 때 신발 상태, 작업복 모습을 관찰하고. 이놈은 초보구나, 혼자서 일하는 편이 좋겠구나, 일은 글러 먹었지만 사람 정리를 잘하는구나, 이런 거지. 그런 놈에겐 일당 오백 엔을 더 주고 뒤처리를 시켰어.

우리 회사엔 바보 남자 셋이 있었어. 최고였지. 세상의 눈으로 보면 정신 박약아로 분류될 녀석들이었지만, 내게는 최고의 상품이었어.

한 놈당 삼천 엔만 주면 돼. 그러니 내게 들어오는 돈은 일만 이천 엔이지. 한 사람당 인부 두세 사람의 가치가 있는 거야.

현장의 뒤처리 담당에게 그놈들을 활용하라고 말해 뒀어. '모리타를 부탁한다' 그러면서.

뒤처리 담당이 그 녀석들에게 용수로 좀 청소하라고 시키면, 전혀 쉬지 않아. 용수로의 콘크리트 가루를 핥아 내는 것처럼 구석구석 닦고 있어. 엄청 칭찬해 줬지. 그런 녀석들 어딜 가도 없다니까.

추운 날에는 모닥불 당번이라는 게 있어. 모리타에게 '1시간에 장작을 2개 넣고, 11시 반이 되면 불을 세게 해'라고 지시하면 반드시 지켜. 절대로 땡땡이 안 치지. 그럴 때도 칭찬해 주는 거야.

어느 날이었나. 현장에 안 나왔던 이놈한테 야단을 치고서 '바깥에 서 있어'라고 말했더니, 해가 질 무렵까지 거기에 계속 서 있었던 거야. 난 완전히 잊고 있었는데, '사장님이 서 있으라고 했잖아요'라는 거야. '미안, 미안, 그랬나?' 그런 녀석이었어. 그런데 집에만 가면 소리를 지르면서 폭력을 휘두른다고 하더라고. 그런 주제에 내가 한마디 했더니 차렷 자세로 서서 꼼짝 못 하지 뭐야. '야, 모리타. 누구한테 대드는 거야. 네

어머니시잖아. 두 번 다시 그런 짓하지 마'라고 했더니 두 번 다시 손찌
검하지 않았어. 가족들도 고마워하더라고.

다른 한 놈인 야마구치는 5만 엔 받을 것을 일부러 천 엔으로 바꿔서
조금씩 줬어. 그놈은 돈 받은 순간에 다른 녀석들에게 나눠 준다는 걸 알
고 있었거든. 그래서 소액권으로 바꿔 줬을 뿐인데, 콧물 흘리고 울면서
고마워하는 거야. 분위기 메이커였지.

중요한 것은, 사람을 어떻게 부리는가야. 정상인이건 장애인이건 아
무 상관없어. 나는 어릴 때부터 남의 눈치만 보며 자랐기 때문에 사람의
움직임이 손에 잡힐 듯이 잘 보여. 이런 놈들뿐만 아니라, 재판정에서 서
기를 했다는 엘리트도 오곤 해. 교사도 봤고. 조폭, 호스트, 게이, 도박 중
독 등 별의별 사람을 다 써봤어. 손가락이 없는 사람, 칼을 숨겨 가지고
온 사내도 있었어. 그런 녀석들을 부려 온 거라고."

그랬기에 어떤 상담이라도 상대할 수 있다는 자신감이 생겼을 것이
다. 현수성이 자신을 사기꾼이라고 소개하는 까닭을 알 것 같은 기분이
들었다.

"개중에는 당장 현금이 필요하다는 사람도 있었어. 그런 놈은 몰래 불
러서, '어이, 가토. 현장에서 한번 굴러. 철근에 다리를 찔어' 라고 지시
를 내리고 바로 그 자리에서 오만 엔을 주지. 그러면 그놈은 돈 욕심에 정
말로 저질러. 정말로 철근이 장딴지에 꽂혔더라고."

"어째서 그런 짓을……."

"그렇지? 난 말야. 자신의 몸을 다치게 해서라도 돈이 필요한 사람의
심정을 알거든. 그걸 이용하는 거야. 그놈도 돈을 벌고, 나도 행복하고.

공존하는 거지.

왜 그게 돈이 되느냐고? 그때 난 치바 현에서 골프장을 만들고 있었어. 나한테 하청을 준 회사는 K 건설이라고, 대기업이야. 요새 많잖아? 'XX시간 무사고 달성' 뭐 이런 캠페인. 그걸 노린 거야.

가토가 현장에서 일부러 넘어져서 장딴지에 구멍을 뚫어 놓잖아? 자작극이지만, 일단 사고가 일어났다 하면 건설회사 쪽은 얼굴이 새파래져. 그쪽에서 머리를 숙이면서 '히라야마 씨, 제발 부탁입니다. 비밀로 해주세요' 이렇게 나오지.

그러면 나는 '알겠습니다. 전부 마음속에 묻어 두지요' 이러거든.

나한테 하청을 주면, 사고가 일어나도 소문나지 않고 묻힌다. 그런 평판이 눈 깜짝할 사이에 업계에 퍼져. 그네들 입장에선 내가 보물 같은 존재지. 상대도 감사하면서 마지막까지 나한테 일을 맡겨 주고. 쉽게 말해 못된 꾀로 회사를 키운 거야. 아무리 회사를 키워도 지혜가 없으면 무너지지. 그뿐이야.

가토도 덕을 봤지. 그놈더러 동사무소 앞에서 쓰러진 뒤 구급차를 부르라고 했어.

그러면 어떻게 되는 줄 알아? 바로 입원이야. 동사무소는 길 가던 사람이 쓰러지면 책임지고 도와야 할 의무가 있어. 병원에서도 못 내쫓아. 동사무소는 즉시 환자를 위해서 병실을 빌리고 주민 소재지도 옮겨야 해. 생활 보호 급여도 줘야 하고. 입원한 환자에겐 돈이 필요할 테니까. 가토는 보험까지 합쳐서 4만3천 엔을 받았어. 그 중 나한테 준 돈이 5천 엔씩 30일, 합계 15만 엔이 들어왔지.

하지만 사실 나는 건설회사로부터 입막음 돈으로 백만 엔을 받았거든. 가토에게 조금 떼어 준다 해도, 꽤 큰돈이 나한테 굴러들어 오는 거지.

몸이 고통스럽더라도, 이놈에게 필요한 건 오늘 당장 쓸 수 있는 현금이야. 나중에 생기는 3백만 엔보다 오늘 받는 3만 엔인 거지. 이 녀석의 생각은 다 훤히 보여. 그러니까 맘대로 조종할 수도 있지.

돈을 조금씩 주는 것도 요령의 하나야. 처음에 오만, 도중에 삼만. 그리고 마지막에 수고했다고 오만 주지. 이게 원래는 자기가 다친 대가로 생겨난 돈이야. 그런데도 주인은 나고 이놈은 가축이야. 이다음에 보너스로 삼만이라도 쥐어 줘 봐. 생각지도 못한 돈을 받고 감동하면서 꼬릴 흔들어. 사람을 부린다는 건 이런 거지.

이 녀석에게 필요한 것은 지금 먹을 수 있는 주먹밥이야. 일주일 뒤의 스테이크 같은 건 아무 의미도 없어. 굶주린다는 게, 빈곤이라는 게 그래. 난 너무도 잘 알고 있어. 그러니 장기 두듯이 말을 움직이는 거야."

"나중에 후유증이나 흉터가 남아서 미움받진 않을까요?"

"왜? 전혀 안 그래. 그놈에게 있어서 난 협력자야. 미워할 리가 없어. 입원해서 빈둥거렸더니 돈이 생겼잖아. 난 절대 권력자지. 내게 이빨을 들이대는 일 따윈 손톱만큼도 없어.

현장에는 조폭이 자릿세를 받으러 오거든. 건설회사에는 이것을 막을 힘도 지혜도 없어. 그럴 때 '제가 처리하죠'라며 나서지. 조폭이 요구한 금액이 천만 엔이면, 내가 오백만 엔까지 협상을 해. 클라이언트가 눈물을 흘리면서 고마워하지. 하지만 사실 조폭과 협상한 금액은 백만 엔이야. 남은 돈은 전부 내가 먹어.

그런다고 누가 손해를 보겠어? 건설회사는 원래 천만 엔 뜯길 거였으니 불평 없지. 조폭도 다른 조직에 뺏기는 것보단 백만 엔이라도 받는 게 낫지. 모두 다 행복하게 끝나잖아. 그렇지?"

나는 애매하게 고개를 끄덕였다.

"전생의 나는 이런 식으로 돈을 벌었다는 거야. 돈에 미쳤던 거지. 어떤 짓을 해서라도 긁어모으겠다는 집념이 없으면 보통은 이렇게까진 못하겠지."

"제니게바……네요."

그러자 현수성은 냉정한 목소리로 나를 다그쳤다.

"이해 못 할 거야. 이게 현실이란 걸."

나는 알지도 못하면서 아는 척했던 걸까.

맥주를 입 안에 머금으니 간으로 만든 회가 나왔다. 우리가 가게에 들어온 뒤 꽤나 시간이 흐른 모양이었다. 분위기 좋게 술잔을 나누던 뒷자리의 사내들이 돈 계산을 하는 것이 보였다.

현수성은 이야기를 계속했다.

"현장에선 말야, 정화조가 자주 고장 났었어. 구식 정화조여서 그랬는지 뭐가 자꾸 끼는 거야. 내가 입수해서 고쳐 주곤 했지. 다들 대환영했어. 그렇게까지 해주는 사람은 없다면서. 난 오물 속을 파헤치는 것에도 거부감이 없었어. 그런 식으로 돈을 모았지. 똥도 먹으라면 먹을 수 있어."

현수성의 기억 저편에서 전생의 그 사내가 다가오고 있었다. 감정 없는 말투가 두려움을 느끼게 했다.

"그렇게 모은 돈인데, 좀 벌었다 싶으면 조폭이 어디선가 몰려들어. 자릿세 내라면서. 땡전 한 푼도 낼 생각이 없었어. 하룻밤에 백만 이백만 펑펑 쓰면서 놀았지만, 그거랑 이건 별개지. 어째서 이렇게까지 고생하며 모은 돈을 조폭에게 갖다 바쳐야 하느냐고."

"하지만 조폭이 협박하거나 괴롭히면 그 정도 돈은 그냥 주자는 생각이 들지 않나요?"

"왜? 어째서? 바보 아냐? 어떻게 번 돈인데 뜯어 가게 놔두느냐고. 게다가 조폭에게 한 번이라도 돈을 바치면 끝장이야. 다음에는 십만, 그다음엔 백만, 눈 깜짝할 사이에 뼛속까지 빨아먹혀.

하지만 이만 엔, 달랑 이만 엔이라면 뜯으러 오기도 귀찮아. 사람을 죽이면서까지 빼앗을 만한 금액이 아니라는 얘기야. 그러니까 죽을 각오로 버티는 거야. 절대로 안 내줘. 내줄 수가 있나. 이건 내 돈이야. 내 몸을 팔고 생명을 걸면서 긁어모은 돈이야. 옆에서 하이에나처럼 꾀어드는 놈들에게 뜯어먹힐 수야 없지."

"그렇지만 싸우면 끝이 없잖아요. 어떻게 해결했어요?"

"비즈니스. 비즈니스를 하면 돼."

"비즈니스요?"

"그래. 공격당하느니 공격하는 게 낫다는 생각에 조폭 사무실로 갔어. 칼을 들이대고 소리를 지르는 젊은 놈과 대치하는 와중에 조직의 간부가 나왔어. 자릿세를 안 내겠다고 대놓고 거절했지. 저쪽도 이쪽의 상황을 보면 방침을 바꿔 들고 나오거든.

사무실이 하청받은 일을 나한테 맡기되, 대신 매상의 3~5퍼센트를 조직에 상납하는 게 어떻겠냐고 하더라고.

비즈니스라면 문제없지. 나는 일을 따올 수 있어 좋고, 저쪽은 아무것도 안 하고 백만 이백만 엔이 생겨서 좋고. 그렇게 빈틈을 잘 찾아내서 협상했어. 뭐, 폭력 조직도 한두 개가 아니니까 이쪽 문제를 해결하면 또 다른 놈들이 찾아오고 해서 싸움은 끊이질 않았지만."

"돈 달라고요?"

"당연하지. 그러니 수금이 안 되면 난리가 나는 거야. 어느 수도 가게는 말이야, 내게 줘야 할 외상 매출금 백십만 엔이 없다더군. 어떻게 갚을 작정이냐고 물었더니, 어쨌든 지금은 낼 수 없대. '낼 수 없다'라. 내가 어디 가서 그런 소릴 했다간 목이 달아날걸. 그런 세계에서 살아왔는데, 이 놈은 무작정 못 낸다는 거야."

말투에 억양이 없었다.

"그럼 몸으로 갚으라고 했어. 주인은 현장에서 막노동을 시켰고. 아내는, 낮엔 식모 일을 시키고 밤에는 몸을 팔게 했어. 인부들한테 5천 엔씩 받은 다음에 줄 세워서 차례대로 들여보냈지. 여자한테 2천 엔 주고 내가 3천 엔 먹고. 일용 노동자들은 낮에 일해서 피곤하기 때문에 대충 15분이면 끝나. 뭐, 가슴을 주물럭대는 놈도 있으니 그런 경우엔 30분. 양심의 가책 같은 건 전혀 없어. 지독한 짓이라는 생각도 안 해. 당연하잖아? 백십만 엔 어쩔 건데? 난 인부들에게 선불로 줘야 한다고. 내가 못 주네 어쩌고 하는 소릴 했다간 흥분한 사람들에게 화형당할지도 몰라. 살해당할걸. 돈은 곧 목숨이야."

내 앞에 놓인 간 회가 가게 등불 밑에서 검붉은 빛을 띠었다. 나는 젓가락을 내려놓았다.

"얼마나 괴로웠을까요. 그 남편도, 아내도."

"내 앞에서 좋고 싫고를 논하게 두진 않아. 하라고 시키면 하는 거야. 돈을 못 낸다면 무슨 수를 써서든 내도록 만들어 주지. 그것뿐이야. 그렇다고 백십만 엔 외상금을 고대로 돌려받으면 의미가 없잖아? 반년 돌려서 이백오십만 엔을 받아 냈어. 당연하지, 이자가 붙으니까. 당장 돈이 없으면 목이 날아가는 거야. 내일 같은 건 없어. 오늘. 오늘 현금이야. 그러니 몸으로 받은 것뿐, 당연한 거야."

이야기가 계속되었다.

"백삼십만 엔을 받으려고 고물상에 갔을 때도 그랬지. 12월 30일이었는데, 덤프트럭을 대놓고 냉장고서부터 시작해서 가재도구를 전부 싹 쓸어 왔어. 이불 하나 남기지 않았지. 아이 방만 빼놓고. 그 고물상 주인은 1월 4일에 입원하더니 그다음 날 죽었어. 폐렴이래. 상중이라고 써붙인 집에 찾아가서, 부의금 들어온 거 전부 내놓으라고 했더니 아내랑 자식이 나더러 냉혈한이라고 욕하더군. 그때 난 생각했어. '아, 해냈다. 이 말이 내 훈장이다.'

소설 같지 않아? 혜택받은 놈들은 이런 일들이 다 지어낸 이야기라고 생각하지. 하지만 돈이란 건 이런 거야. 아무리 그래도 그렇게까진 안 할 거라고 상상했다면 완전히 착각이야. 조폭조차 그렇게까지 하느냐고 놀라더라고."

현수성은 다시 한 번 손가락으로 동그란 원을 만들더니 자신의 가슴에 갖다 댔다.

"'난 해냈다. 그렇게까지 했다!' 그게 내 자랑거리야. 그 길로 부의금 전부 걷어 왔어."

"하지만, 지금은…… 후회하고 계시죠?"

나는 냉정한 관찰자로서 듣고 있는 것일까?

"왜? 그럴 리가."

"후회 안 하고 계신가요?"

"나는 벌써 7년째 카케코미데라를 운영하면서 속죄하고 있어. 하지만 그때는 내 할 일을 했을 뿐이야. 살인자라고 비난당해도 괜찮아. 후회는 없어.

사람이 궁지에 몰린다는 게 어떤 것인지, 제니게바란 어떤 것인지 다들 너무 몰라. 세상을 만만하게 보고 있어. 중졸에다 조센징에다 가진 것도 없는 녀석이 어떻게 진흙탕에서 기어올라 오겠어? 싸움을 잘해 봤자 조폭밖에 더 되겠느냐고.

속임수와 허세밖에 없어. 만 엔 벌면 9천 엔을 남기고, 똥물을 마셔서 목돈을 만들고. 그 정도 집착이 없으면 안 돼. 다른 녀석들은 절대 못 해. 나는 해봤으니까 다른 사람들에게 그 수준까지 요구하진 않아. 난 할 때는 철저하게 하거든. 찌르라고 하면 찔러. 스물다섯 살 때 자기 몸에 메스를 들여대서 자본금을 만들었어. 돈이 필요하면 이층에서 뛰어내려서라도 돈을 만드는 게 나야.

시체의 산을 넘어서라도, 밟아 뭉개면서라도 돈을 벌겠다고 결심했어. 살인자라고 욕먹으면, 내게 있어서는 그게 훈장이야. 좋건 나쁘건, 내 능력을 모두가 인정했다는 뜻이니까. 내가 지나간 곳에는 잡초 하나 남아나지 않는다고, 그렇게들 말했지."

　그 뒤에 난 뭘 했던가. 기억이 나지 않는다.

　정신을 차려 보니 현란한 네온사인이 빛나는 가부키쵸의 밤거리를 서둘러 걷고 있었다. 사브나도 지하상가에 내려가려 했지만 이미 셔터를 내린 뒤였다. 짜증을 내면서 길을 건너 전철 개찰구로 들어갔다. 전철 화장실에 뛰어든 뒤 거무죽죽한 변기로 달려가 마음껏 토했다.

　아까 삼킨 닭꼬치와 맥주가 우웩거리는 소리와 함께 흩어진다.

　토한 뒤에는 허탈감이 남는다.

　너무 마셨다. 끈질기게 토기가 치밀어 올랐다. 눈의 안쪽이 찌릿찌릿했다. 토할 때마다 눈과 코에서 점액이 흘러나왔다. 내일은 일 못 하겠다고 생각하며 어두침침한 화장실 안에서 웅크리고 앉았다.

　아마 나는 부검의는 되지 못할 것이다.

그대 노년을 부정케 말기를

2008년, 가부키쵸 카케코미데라의 상담실 안에 현수성과 마주 앉은 사내가 있었다.

60대 후반의 남자로, 도쿄의 변두리에서 작은 공장을 경영한다고 했다. 삶과 일이 일치된 반생을 보냈을 게 틀림없다. 담배건 술이건 도박이건, 이 사람이 그런 걸 하고 있는 모습은 상상이 안 된다. 기름으로 더럽혀진 손톱과 마디가 굵은 손이, 기계를 돌리며 쇼와 시대의 고도 성장기를 지탱해 왔을 그의 인생을 대신 웅변하고 있었다.

작지만 기골이 있는 몸을 한껏 펴고, 슬랙스를 입은 무릎 위에 손을 올린 채, 그는 현수성 앞에 앉아 있었다. 깎은 수염과 가지런히 다듬은 머리에 힐끗힐끗 흰색이 비친다.

"현 소장님. 세상에 이런 일이 있을 수 있습니까?"

그렇게 말한 뒤, 남자는 입을 다물었다.

기나긴 침묵이었다.

불황이 몇 번이고 그의 공장에 직격탄을 날렸다. 그래도 어떻게든 열심히 버텨 왔다. 성실하고 정직한 인품과 남들보다 두 배로 일하며 폐를 끼치지 않고 살아올 수 있었다 한다.

그러나 자신의 힘만으로 공장을 지키는 것은 불가능했다고, 사장은 말했다.

그의 오른팔은 파키스탄에서 온 불법 체류자였다. 35살, 이미 15년 가까이 그의 공장에서 일하는 중이다.

정말로 가족처럼 성실하게 일하는 젊은이였다. 처음에는 금방 나가 버릴 거라고 생각했지만, 그것은 외국인에 대한 편견에 지나지 않았다고 그는 회상했다.

일본인 사원들이 차례차례 나가 버릴 때도, 그 청년은 참을성 있게 일을 배운 뒤 훌륭히 작업을 해냈다. 얼마 안 되는 급료를 쪼개서 반드시 본국에 있는 가족들에게 돈을 부치는 모습이 인상적이었다고 한다.

처음에는 인건비를 절약하기 위해 어쩔 수 없이 고용했다. 하지만 가난한 시골집에서 상경해 팔 하나로 버텨 온 자신과 그 청년은 어딘가 통하는 데가 있었다. 정신을 차려 보니 부자간처럼 친해진 뒤였다. 매일 아침부터 밤까지 공장에 틀어박혀서 같이 점심을 먹고, 집에 불러서 함께 저녁밥을 먹곤 했다.

이윽고 그 파키스탄 청년은 공장장으로서 젊은 아르바이트생들을 지도하게 되었다. 사장에게 있어서 그는 이 공장에 없어서는 안 될 존재였다. 언제부터인지, 그가 무슨 국적이든 어떤 피부색을 가졌든 전혀 신경 쓰이지 않았다.

자신의 오른팔. 그 표현이 딱이었다. 자신이 은퇴해도 그만 있다면 훌륭하게 이 공장을 돌릴 수 있다. 그렇게 생각했다.

그러나 입국 관리국이 공장을 방문하자 상황이 순식간에 달라졌다.

"여기에 불법 체류자가 있다고 들었습니다만……."

마침 운 좋게 청년이 자리를 비웠던지라 들키지 않고 넘어갔다.

이웃 사람 모두가 그의 존재를 알고 있었을 것이다. 도대체 누가 밀고한 것일까?

어째서, 왜 그런 짓을 한 것인가. 그는 지금의 일본인은 흉내도 낼 수 없을 정도로 성실하고 소박하게 삶을 꾸려 왔다. 그런 그가 무슨 죄를 지었다는 것인가. 그가 없어지면 공장도 당장 큰 타격을 받는다. 힘들게 지켜 온, 목숨보다 소중한 공장에 커다란 구멍이 뚫릴 게 틀림없다.

청년은 이곳에서 오랫동안 살아왔다. 그런 사람의 부재는 함께 있던 인간에게 있어 너무나도 커다란 빈자리를 남긴다. 그 빈자리는 이제 다른 누구도 메울 수 없다.

조사 기관이 왔다는 얘기를 하자, 파키스탄 사람 특유의 긴 속눈썹 밑에서 눈물이 뚝뚝 떨어졌다.

"사장님, 어떡하죠?"

"괜찮아. 내가 꼭 지켜 줄게. 반드시!"

사장은 커다란 몸을 웅크리고 슬픔에 떨고 있는 청년의 등을 두드려 줄 수밖에 없었다.

"그래서, 내가 뭘 해줬음 하는데?"

남자를 응시하던 현수성이 중얼거렸다.

"네. 부탁을 드리려고…… 왔습니다."

사장은 기나긴 침묵 뒤에 목소리를 짜내듯이 말했다.

"강제 송환 뒤에 밀입국할 수 있는 방법을 알려 주십시오."

현수성은 팔짱을 끼면서 사장을 바라보았다.

이 사람에게 있어 얼마나 크나큰 각오였을까. 사장은 뺨에서 땀을 흘리고 있었다.

"진심으로 그런 소릴 하는 거야?"

"네. 현 소장님이라면 반드시 그런 방법을 알려 주실 거라고 생각했습니다."

"흐음……."

남자가 침을 삼켰다.

"이런 얘기는 여기에서밖에 상담할 수 없습니다. 저는 나쁜 짓이라곤 한 번도 해본 적이 없는 사람입니다. 하지만 이런 처사는 받아들일 수가 없습니다."

자기 앞에 놓인 커피를 마신 남자는 바지에서 손수건을 꺼내 땀을 닦았다.

"당신. ……그 사내가 어지간히 맘에 들었나 보군."

현수성이 그렇게 말하자, 갑자기 남자의 표정에서 힘이 빠졌다. 입술이 떨렸다. 눈 주변이 점점 붉게 물들었다. 또다시 남자의 기나긴 침묵이 이어졌다. 말수가 적은 그의 침묵에 상담실의 공기마저 무거워졌다.

"현 소장님. 살인이라도 말입니다."

"……."

"살인조차, 시효가 15년입니다. 사람 하나 죽여도 15년이 지나면 용서받는단 말입니다."

남자는 자신의 손 위로 시선을 떨어뜨렸다.

"그렇지."

"살인보다 용서받을 수 없는 행위가 있을까요? 그저 태어난 나라가 가난했을 뿐입니다. 남의 물건을 훔친 것도 아닙니다. 누군가를 속인 것도 아닙니다. 공장에서 부품 만들고, 집에 돈 부치면서, 소박하게 살았을 뿐입니다. 일본 경제를 지탱하고 있는 것은 그 사람들이라고 생각합니다. 값싼 노동력이 필요한 것은 오히려 일본 쪽이라고요. ……살인마저도 15년밖에 안 된단 말입니다. 살인죄조차 15년만 지나면 용서받습니다."

"그래, 알아."

현수성이 드물게 '안다'고 말했다.

한국 국적인 현수성이 얼마나 많은 굴욕을 맛보았는지, 우리들은 상상조차 할 수 없을 것이다.

"밀입국 루트는, 인맥을 통하면 못 찾을 것도 아니지만……."

"정말입니까?"

"하지만, 보고 있자니 알겠어. 당신은 나쁜 짓 못 해. 나쁜 짓할 수 있는 녀석은 딱 보면 알아. 나는 조폭도 정치가도, 재계의 인물도 승려도 만나 봤지만, 직업은 상관없어. 교활한 놈은 직업이 뭐건 나이가 몇이건 교활해.

당신, 못 하지? 나쁜 짓을 못 해. 장사할 때도 정직하게, 사람을 속이는 것 따위 한 번도 안 해보고 살아왔지? 장사하는 놈은 좀 약삭빨라야 되지만, 당신은 그런 것도 없이 살아왔어. 내 말이 틀려?"

"……아뇨."

"당신은 못 해. 선천적으로 무리야. 나쁜 짓하면 바로 잡힐걸. 거짓말을 못 한다는 건 사람의 훌륭한 재능 중 하나야. 당신에겐 거짓말을 못 한다는 재능이 있어."

"……그게 무슨……."

"이봐. 이건 내 생각인데, 만일 그 파키스탄 사람이 붙잡히면 그건 운명이 아닐까? 체류 허가를 신청해 보고, 그게 통과가 안 되면 운명이야. 인간에겐 되는 게 있고 안 되는 게 있어. 난 언제나 상담자에게 '간절히 원하면 반드시 이루어진다'고 말해. 내가 정말 작정하면 밀입국 루트 같은 건 몇 개라도 찾아 줄 수 있어.

하지만, 생각해 봐. 이 15년 동안 당신은 꿈결 같은 삶을 살아온 거야. 정직하게 일하는 아들 같은 사원이랑 공장 돌리면서. 정말 행복한 사람이야. 수많은 사람들이 자신의 공장에서 떠나야만 했던 순간에도, 당신은 공장을 계속 지킬 수 있었어. 엄청난 행운이지. 그 청년도 그래. 당신 같은 의부를 만나서 행복했잖아. 행복하게 살아왔잖아.

나쁜 짓해도 소용없어. 말했지? 당신은 나쁜 짓하면 반드시 잡힌다고.

그렇게 되면 결국 끝장이야. 그 애도 돌아올 수 없고, 당신도 노후를 망치게 돼. 법적 수속을 밟아서 할 수 있는 데까지 해보고, 안 되면 운명으로 받아들여.

그렇게 일 잘하는 사람이라면, 돌아가서도 분명 성공할 거야. 사람은 강하다고. 그렇게 믿어. 믿어 주는 거야. 당신도 언제까지나 공장에 매달리고 있으면 안 돼. 혹시 그 애가 잡혀서 운영하기 힘들어지면 손을 떼. 당신, 이제까지 해온 노력을 수포로 돌려선 안 돼. 노년을 더럽혀선 안 되지."

잠시 가만히 있던 남자는 조용히 머리를 숙였다.

"알겠습니다. 감사합니다."

현수성이 무리라고 하면 분명 무리일 거라고 체념했는지도 모른다.

"그래도 말입니다……. 살인죄도, 15년이라고요……."

남자의 입에서 그렇게 새어 나온 듯한 기분이 들었지만, 아마 환청이었으리라.

사람 순례

1

수전노로서 맹렬하게 돈을 벌어들이기 시작한 이래, 현수성과 조폭 간의 소규모 마찰은 일상다반사가 되었다. 그러던 어느 날.

현수성과, 그에게 목숨도 맡기겠다는 심복 두 사람이 차에 올랐다. 그들은 폭력단 간부 A가 경영하는 도장 공장으로 향했다. 차가 흔들릴 때마다 뒷좌석에 탄 현수성의 옆에 놓인 가솔린 통이 찰랑거리는 소리를 냈다.

이들은 삼천만 엔의 어음을 회수하러 가는 길이다.

현수성은 A를 믿고 어음을 발행했다. 구두로 약속한 기한은 반년 후. 그러나 상대는 지금 당장 어음을 돈으로 바꾸겠다는 얘기를 꺼냈다.

'얘기가 다르잖아!'

그렇게 생각한 순간 몸이 먼저 움직였다. 상대에게 틈을 주지 않고 민첩하게 움직일 것. 기습이 최고의 효과를 얻어 낸다는 사실을 현수성은 알고 있었다.

　언젠가 '죽이겠다'는 협박이 그의 자동 응답기에 익명으로 남겨져 있었다.

　현수성은 즉시 목소리의 주인을 조사했고, 24시간이 채 지나기도 전에 상대방의 앞에 서 있었다. 상대는 폭력단 관계자로 본 적도 없는 똘마니였다. 자신의 짓이라는 게 들키리라고 상상도 못 했는지, 범인은 아연해진 얼굴로 그저 현수성을 바라보고 있었다 한다.

　범인과 같은 조직에 있는 폭력배에게 어떻게 보상할 거냐고 따졌다. 무슨 헛소리냐며 몰려든 사내들을 밀쳐 낸 현수성은 자동 응답기에 녹음된 목소리를 들려주었다.

　"형님들, 제게도 체면이라는 게 있지 않습니까? 입장을 바꿔서 생각해 보시라고요." 현수성은 쉴 새 없이 쏘아붙이며 동료를 감싸는 반론이 나올 틈을 주지 않았다.

　결국, '죽이겠다' 네 자만 가지고 삼백만 엔의 위자료를 받아 냈다.

　현수성은 자신을 협박하는 상대를 그대로 방치할 성격이 아니었다. 그것이 그의 '대의'였고, 알기 쉬운 형태로 주변에 표출되곤 했다.

　현수성 일행을 태운 차가 공장 안으로 들어갔다. 운전사는 창고 앞에 차를 세웠다. 현수성은 발소리를 내며 2층의 사무실로 올라갔다.

　한편 현수성의 부하는 휘발성 도료가 잔뜩 쌓여 있을 공장 앞에서 가솔린 통의 뚜껑을 열었다. 조금 떨어진 곳에서도 통의 입구에서 솟아오르는 가스가 신기루처럼 흔들리는 것이 보였다.

"나한테 손가락 하나라도 대보시지. 아래층에서 불을 붙이면 모두 다 깨끗이 타버릴걸?"

자신이 서 있는 창문을 부하들이 올려다보고 있었다. 현수성은 간부와의 간격을 좁히며 말했다.

"이봐. 반년 뒤 지불하기로 약속했잖아. 지금 당장 내라니 이게 대체 무슨 소리야?"

상대의 목소리가 미묘하게 들뜨는 것이 느껴진다.

"히라야마. 너, 머리가 이상해진 거 아냐?"

현수성은 더욱 냉정해졌다. 목소리가 낮고 차갑게 변해 간다. 마치 판사가 죄인에게 말하는 것처럼 느릿한 말투였다.

"내가 아무 이유도 없이 여길 왔나? 가슴에 손을 얹고 잘 생각해 보시죠. 이제 와서 목숨 따윈 아깝지도 않아. 내게 무슨 일이 생기면 당신들도 다 같이 지옥 길동무가 되는 거야."

현수성의 행동은 마치 피카레스크 소설의 한 장면 같았다. 이것이 그의 방식이다. 누가 봐도 알기 쉽고 명쾌한 방식으로 겁을 주는 것. 지금 운영 중인 '가부키쵸 카케코미데라'도 마찬가지다. 사람을 구할 때조차도 임팩트 있는 방법을 사용하는 것이다.

그러나 생각해 보라. 이런 방식을 생각해 낸 사람이 있다 해도 보통은 상상으로 그칠 뿐 실제로 실행하는 사람은 없을 것이다. 그걸 해낼 각오도 없거니와 수완도 없기 때문이다. 실행하려면 어지간히 미쳤거나 천재가 아니면 안 된다. 즉, 종이 한 장 차이인 것이다.

하지만 이 사내는 뭇사람들의 눈앞에서 정말로 저질렀다.

'그렇게까지 하느냐!'

그런 충격이 중요하다.

'그 사내를 건드리면 무슨 짓을 할지 모른다'

이런 소문이야말로 현수성이 바라는 바였다. 그리고 바라던 대로, 무슨 짓을 할지 모르는 이해 불능의 괴물이라는 평판이 주변에 퍼졌다.

간부를 몰아붙이는 현수성의 말이 점점 나직하게 바뀌었다. 그의 특기인 흥정을 시작할 시간이다.

"애초에 무슨 약속이었는지 기억은 하고 계신가? 어음 보여 줘 봐."

상대가 현수성의 눈앞에 어음을 들이밀었다. 어음의 기한을 확인시키고 환금의 정당성을 주장하고 싶었던 것이리라.

그러나 어음을 본 현수성은 그것을 잡아채서 꿀꺽 삼켜 버렸다.

"앗!"

그 자리에 있는 주변 사람들이 한순간 넋을 잃었다.

"이 자식, 무슨 짓이야!"

폭력 단원들의 칼끝이 일제히 현수성을 향했다. 바깥에 있던 폭력 단원 일곱 명이 사무실로 들어와 현수성을 빙 둘러쌌다. 여기저기서 땅울림 같은 분노의 고함이 터져 나왔다.

주위에 있는 모든 남자들이 핏대를 올리며 얼굴이 새빨개지는 것을, 현수성은 냉정하게 둘러보았다. 신기하게도 두려움은 없었다.

만일 지금 그들이 자신에게 손을 대면, 밑의 부하가 불을 붙일 것이다. 그야말로 일촉즉발의 상황이었다. 조금이라도 삐끗하면 여기 있는 모든 인간이 폭발음과 함께 날아가 버린다. 그런데도 그의 머릿속은 이제까지 없었으리만큼 차분했다. 이렇게 목숨을 걸고 도박하고 있을 때 끓어오르는 피와 가라앉는 머릿속이야말로 살아 있음을 느끼게 해준다.

상대방도 같은 공포 속에 있다. 그 연대감이 맘에 들었던 걸지도 모르겠다. 어릴 때는 필사적으로 먹을 것을 훔쳤다. 그 절박함이 자신의 마음속에 있는 구멍을 메우고 있었다. 그러나 돈을 얻고 여유가 생기면 메워왔던 결핍이 공공연히 드러난다. 그것만은 견디기 어려웠다.

그러나 이렇게 싸우고 있을 때의 감각만은…….

'이렇게 죽는다 해도, 도대체 내가 잃을 게 무엇인가. 그에 비하면, 상대방의 저 얼굴 좀 보라지. 시뻘겋잖아. 이런 조그만 인생에서 뭘 잃을 게 있다고 저렇게 두려워하는 걸까.'

분노와 공포로 얼굴을 일그러뜨린 사내들의 표정이 가엾고 우스꽝스러웠다. 창문에서 내려다보자 빨간 탱크가 눈에 들어왔다.

'같이 지옥에 떨어진다면 그것도 나쁘지 않겠군.'

그러나 그가 발을 디디고 있었던 곳은 이미 지옥이 아니었을까.

서로 노려보며 여덟 시간이나 입씨름한 끝에, 결국 다른 간부가 끼어들게 되었다. 채무 변제는 현수성의 주장대로 반년 뒤로 결정되었다. 현수성은 아무런 상처 없이 집으로 돌아갔다.

신뢰를 배신한 상대에 대해 현수성이 퍼붓는 집요한 공격은 폭력 조직 사이에서도 유명했다.

"그놈은 어딘가 좀 이상해."

폭력단의 보스조차 말했다.

"히라야마 씨. 당신은 익혀도 구워도 못 먹을 사내로군요."

그것은 칭찬이며, 괴물을 보는 시선이기도 했다.

왠지 우스웠다. 조폭인 주제에, 초등학교 때 공포와 멸시를 담고 바라보던 교사와 똑같은 눈빛이었다.

'나보다 센 녀석은 없는 것인가. 결국 모두 소중한 것을 끌어안고 살고 있다. 나처럼 혼자서만 살아온 놈은 없다.'

현수성은 때때로 이런 이야기를 했다.

"예전에 어느 술집에서 '불행 자랑 대회'를 한 적이 있어. 고등학교 때 부모에게 버림받았다는 놈에겐, '괜찮네. 고교 때까진 부모의 사랑을 받았단 거지?' 그렇게 생각했어. 시설에서 자랐다는 놈에겐 '괜찮네. 시설 직원이 시중들어 줬잖아.' 나만큼 혼자서 강하게 살아온 녀석은 없었어."

그러나 두려움의 대상이 되면 될수록 그는 점점 더 외톨이가 되었다.

배신당하면 반드시 보복하러 오는 놈이라고 생각하게 만들면 아무도 자신을 배신하지 않을 것이다. 현수성은 그렇게 생각했다. 모든 사람들이 그를 한 수 위로 보고 있었다.

그것이야말로 그가 바라던 '훈장'이었다.

초등학교 때부터 그의 방식은 똑같았다. 충격과 공포로 사람을 조종하는 것.

혼자서 살아가려면 자신의 겉모습을 커다랗게 부풀리는 것 외에 방법이 없다. 현수성은 그렇게 생각하고 있었다.

미친 것처럼 보이는 것. 무슨 짓을 할지 모르겠는 것. 정체를 알 수 없는 인간으로 존재하는 것. 그리고 공포로 사람을 조종하는 것이야말로 그가 생존하는 방법이었다.

아버지 맘대로 여기저기 끌려다니던 그에겐 다른 선택지가 없었다. 그곳에는 현수성이 들어갈 수 없는 단란한 가족이 있었다. 한 덩어리의 집단이 있었다. 자신의 편은 단 한 명도 없는 상황에서 그는 스스로 자신을 지켰다. 계모는 기분에 따라 뺨을 때리고 밖으로 내쫓았다. 반에서는 매번 패거리들에게 찍혔다. 도난 사건이 발생하면 조센징이라는 이유로 제일 먼저 의심받았다. 모두들 보는 앞에서 신체검사를 받아야 했다.

그런 속에서 단 혼자서 자존심을 지키고 제국의 왕으로서 존재하기 위해 무엇이 필요했던가.

힘이었다. 감정을 완벽하게 컨트롤하는 정신력과, 사람을 공포에 떨게 만드는 압도적인 힘이었다. 자신보다 강한 인간은 많다. 하지만 그놈에게 지면 안식처가 없다. 단숨에 적을 분쇄하는 것이 하나뿐인 방법이었다. 그 규칙 앞에는 아이고 어른이고 없었다. 인간의 공포를 불러일으켜 반격할 기백을 없애 버린다. 그것이 현수성의 방식이었다.

미친 것 같아 보이는 한편으로 항상 계산을 하고 있었다. 조폭이 보는 앞에서 자신의 손바닥을 탁자 위에 놓고 단도를 가져다 댄 일도 있다. 백전노장인 조폭조차 그의 망설임 없는 행동에 겁을 먹었다. 스스로 이렇게까지 하면 손가락을 잃지는 않을 거라는 계산이 있었고, 격분한 상대의 기세를 잠재우기 위한 그의 방식이다. 그러나 역시 도를 넘나들 때의 현수성은 인간의 방어 본능에 필수적인 뭔가가 결여되어 있는 것 같다.

'내게는 뭔가가 결여되어 있는지도 몰라.'

문득 그렇게 생각했다.

그에게 있어서 공포란 어릴 적부터 자라나 친숙한 고향집 같은 것이었다.

그러나 그의 생존 방식은 의심이라는 이름의 강력한 부작용을 낳았다.

아내와 자식에게도 언젠가 배신당하는 게 아닐까 생각했다. 자신이 자리를 비웠을 때 아내가 뭘 하고 있는지 감시하라고 심복을 붙였다. 아내가 조금이라도 등을 돌리는 것 같은 낌새가 보이면 바로 잘라 버릴 작정이었다. 자기도 가족으로부터 등을 돌린 채 전혀 고치려고 하지 않는 주제에, 아내에게는 절대 충성을 요구했다.

현수성은 생애 두 번 다시 배신당하고 싶지 않았던 것이다. 그의 바탕에는 모친에게 계속 버림받은 과거가 깔려 있었다. 배신당하고 버려지기 전에 먼저 버려 주겠다고 생각했던 것임에 틀림없다. 아내가 배신한 증거를 찾자마자 이혼했다. 그는 '맘속 어딘가에서 그걸 계속 기다려 왔다'고 말했다. 대신 자식이 성인이 될 때까지 월 삼십만 엔의 양육비를 지급했다.

"현 소장님도 밖에서 다른 여자들을 만나셨잖아요. 사모님은 외로우셨기 때문에 유혹에 넘어간 게 아닐까요?"

지나치게 정곡인 질문을 던졌지만, 현수성에게는 들리지 않는 모양이었다. 그에게 중요한 것은 상대가 배반하지 않는다는 사실뿐이었다. 이혼한 뒤 2년이 지나 재혼했다. 현수성은 육체관계도 없었던 여성을 찾아가 그대로 재혼했다. 그러나 이윽고 두 번째 아내와도 사이가 벌어졌다.

164

그는 집에 있으려고 하질 않았다. 재혼한 아내도 자식을 낳았지만, 그는 자신의 자식을 어떻게 대해야 할지 알 수 없었다.

"애들 참관 수업에도 갔어. 외식도 같이했고. 하지만 애들 앞에선 긴장하게 돼. 자연스럽게 아버지로서 대할 수가 없어."

어떻게 해야 아버지가 될 수 있는지 모르겠다고 현수성은 말했다.

부하에 대해서도 마찬가지였다. 믿고 맡길 수 있는 심복이라고 생각해도, 충성에는 어차피 유효기간이 있을 터. 지원하는 각 회사에는 몰래 끄나풀을 놓아두고 사장과 이사가 어떤 생활을 하는지 밀고하도록 시켰다. 돈을 펑펑 쓰거나 여자에게 돈을 쓰는 것이 밝혀지면 당장 회사 자체를 잘라 버렸다.

여자랑은 성대하게 놀았다. 십 년 동안 천 명 이상 안았다고 한다. 하지만 한 명에게 정을 붙이면 배신당하는 것이 두려워서 그랬던 게 아닐까. 모친에게 버림당했다는 상처는 항상 그의 내면 밑바닥에 새겨져 있었다.

그는 많은 여자와 동시에 사귀면서 다양한 시험을 했다. 상대 여자가 정말로 반했다고 고백해 오면 '나를 위해 함께 죽어 줄 수 있느냐'며 여자에게 칼을 주고 그 심중을 떠보았다. 그러나 여자의 눈에 약간이라도 두려움이 떠오르면 그럴 줄 알았다며 바로 차버렸다. 정말로 눈앞에서 손목을 자르려는 여자도 있기는 했다. 하지만 빨간 실 같은 주저흔만 남았고, 그는 모든 풍경을 차가운 눈으로 내려다보고 있었다.

몇 명인가 잠자리를 같이하고 헤어지는 사이에, 두 번 이상은 같이 자지 않는다는 규칙이 생겼다. 자신이 빠져드는 것도 상대방이 달라붙는 것도 현수성에게는 견딜 수 없는 일이었다. 숨 쉬기가 힘들었다.

공포와 의심. 양손에 하나씩 쥐고서 누구에게도 기대는 일 없이 그저 홀로 서 있었다.

사람은 표면만 보면 자신의 생각대로 움직인다. 그러나…… 진정 자신을 버리지 않을 인간이 정말로 존재할까. 공포로 억누른 인간의 마음 밑바닥을 싫을 만큼 꿰고 있는 것은 그 누구보다 현수성 자신이다. 만용을 부리는 현수성의 모습에 심취한 사람도 있었으리라. 마음 깊은 곳에서 그를 지탱해 주고 싶었을 여자도 있었으리라. 그러나 의심하면 의심할수록 사람이 자신을 배신한다는 증거가 튀어나왔다. 그렇게 되면 이제 손을 떼지 않고는 배길 수 없었다.

무조건적인 사랑이란 무엇일까.

아무리 그 해답을 찾으려 해도 잘되질 않았다. 그것은 마치 성인이 된 뒤 모국어가 아닌 언어를 아무리 배우려 노력해도 자신의 것으로 만들 수가 없는 감각과 비슷했다. 많은 사람들이 선천적으로 가진 것처럼 의심하지 않는 애정을, 현수성은 도저히 믿을 수가 없었다. 이론으로밖에 이해할 수 없는 사람 간의 정은 방심하면 금방 썩고 악취를 풍긴다. 의심이 현수성의 마음을 닫고 또다시 의심을 불렀다.

그 무렵 그는 불면증에 시달렸다고 한다.

괴롭다는 생각은 하지 않았다. 술에 취해 돌아온 아버지는 무방비로 자고 있는 자신을 찼다. 변덕스럽게 기분이 변하는 계모는 자신의 뺨을 때렸다. 그런 나날을 보낸 현수성은 편하게 자는 적이 오히려 드물었다. 별로 딱할 것도 없었다.

오히려 언제나 싸우고 있는 쪽이 편했다.

2

현수성은 소유하는 행위에 아무런 흥미도 없었다. 롤렉스건 벤츠건 똑같았다. 손에 넣은 순간 흥은 깨지고, '흠, 뭐 이런 거군' 이런 생각이 든다. 돈을 모으고 쌓아 올리는 것에도 희열을 느끼지 못했다. 부동산에 투자해서 자산이 늘어나는 것도 기쁘지 않았다. 그보다는 쓰고 싶었다. 돈에 연연하지 않고 물처럼 펑펑 써대는 것에 쾌감을 느꼈다. 그는 밤거리에 지폐를 뿌렸다. 조폭에게서 사수하고, 수도 가게 여주인의 몸을 팔고, 고물상의 유족에게서 벗겨 낸 돈이었다.

회사를 계속 늘렸다. 30세를 넘긴 후 때때로 도쿄에 와 놀고 다시 고베로 돌아가는 일이 잦아졌다.

긴자의 넘버원 호스티스와 하룻밤 자는 데 백만 엔을 썼다거나, 화류계에서 하루 놀면서 수백만 단위의 금을 썼다는 얘기가 현수성과 대화할 때 튀어나오곤 한다.

젊었던 현수성이 호기심에 가득 차서 이런저런 세계에 발을 들이미는 모습은 상상하기 어렵지 않다. 그러나 그가 빈곤에 대한 반동으로 방탕한 생활에 빠졌다고 판단하는 것은 잘못이다.

치밀하게 계산하고 몇 수 앞까지 읽어 내는 현수성이 그저 자신의 쾌락을 채우기 위해 배춧잎을 아낌없이 뿌릴 리가 없다.

그는 본능적으로 알고 있었던 것이다. 올라간 자는 반드시 끌어 내려진다는 것을. 언젠가 반드시 누군가가 자신을 대신하리라. 그 전에 '위쪽' 세계를 봐둬야 한다고 생각했다. 문명사회임에도 불구하고, 그의 눈에 비치는 세계는 변함없이 약육강식이었다.

주역 64괘 중에는 '항룡유회亢龍有悔'라는 말이 있다. 너무 높이 오른 용은 후회한다는 뜻이다. 오르는 것에만 집중해서 물러남을 모르는 용은 하늘에서 고독함을 깨친 뒤, 이윽고 힘이 다해 떨어진다는 격언이다. 동서고금을 불문하고 힘 있는 자가 언젠가 추락하는 것은 세상의 진리이다.

현수성이라는 이름의 젊은 용은, 이런 방식으로는 언젠가 힘이 다할 것을 알고 있었다. 그렇기 때문에 돈이라는 수단을 통하여 여러 인간들을 보려 했던 것이 아닐까. 자신보다 강한 인간은 어디 있는가. 자신은 어떻게 미래로 걸어가야 할 것인가. 어딘가에서 그 해답을 얻으려 했던 것임에 틀림없다.

이윽고 그는 돈을 퍼붓고 밤거리를 쏘다니며 얻은 인맥을 통해 수많은 사람들과 만나게 되었다. 이미 예상했듯이, 평등하지 않은 인간 사회의 모습을 구경하고 있었다고 표현하는 게 옳을 것이다.

우리는 만화경처럼 돌아가는 세상사의 무늬 하나하나에 얽매이기 쉽다. 그러나 그는 세부적인 데에 정을 주지 않는 만큼 정교하고 냉정하게 전체를 파악하는 능력을 가지고 있다.

그는 자신의 앞길을 걸어간 자가 등장하기를 애타게 기다리고 있었다. 자신의 스승이라 칭할 선구자가 있다면 뒤를 좇겠다고 결심했던 것이다. 그가 살아온 세상에서 나가는 출구를 갈구하고 있었다. 그를 위해

돈뭉치를 뿌리면서 다양한 인간 사회를 돌아보았다. 그야말로 '인간 순례'라 할 만하다.

정계, 실업계, 연예계, 종교계. 현수성은 온갖 사람들과 만나면서 자신의 눈으로 그들의 세계를 관찰했던 것이다.

3

성장기에 어른과 제대로 된 유대를 쌓지 못했던 그는, 자신의 내면에 고독감이나 의심 등 다양한 장해물이 있다는 것을 의식하고 있었다.

그 특유의 엄청난 생명력은 자신의 결함을 보충하기 위해, 새로운 형태의 인적 네트워크를 구축하기 시작했던 게 아닐까.

그것은 정이 깃든 인연에 비하면 꽤나 삭막한 것이었지만, 정이라는 색안경이 없는 만큼 인간 사회의 문법을 확실히 배울 수 있었다. 그의 감상을 들어 보자면, 마치 꿀벌 무리를 연구하는 곤충학자처럼 객관적으로 그 인맥을 파악하고 있었던 것처럼 여겨진다.

상담자의 문제를 간파하여 제대로 움직이지 않게 된 관계성은 잘라 버리고 새로운 인생으로 인도해 주는 인적 네트워크의 활용법은 이때 얻은 능력이 아닌가 싶다.

현수성은 한때 이런 이야기를 한 적이 있다.

가령, 도쿄 출신의 사람이 있다 치자. 어느 가족 밑에서, 어느 지역에서 자라나 유치원, 초등학교를 다녔다. 이른바 지연과 혈연이다. 이윽고 대학에 들어가 졸업하면 학연이 추가된다. 그곳을 졸업하면 회사에 취직하고, 거기서 인간관계가 더 넓어진다. 그것이 경력이다. 일반적인 사람들은 이렇듯 같은 장소에서 발생한 일정한 시간의 흐름에 따라 인적 네트워크서부터 안전망까지 획득한다. 이것이 지극히 일반적인 방식이다.

현수성은 그것을 땅속에서 뻗어 나온 하나의 줄기라고 표현했다.

"예를 들자면, 일반인의 인생은 곧게 뻗은 줄기 위에 예쁜 꽃을 피운 튤립 같은 거야. 하지만 그 굵은 줄기를 자르면 금세 시들어 버려. 끝이야. 그게 그 사람의 약점이지."

현수성은 그 시점에서 새로운 삶의 방식을 알려 준다.

"뿌리를 늘리는 거야. 뿌리는 사람에서 사람으로, 외부에서는 보이지 않지만 연결되어 있어. 그 끝을 더듬으면 어디서든 싹을 틔울 수가 있어. 민들레 알지? 농사짓는 사람들이 싫어하는 잡초야. 뽑아도 뽑아도 다른 곳에서 나타나. 비유하자면 나는 민들레 같은 셈이지. 지점 A에서 싹을 틔우다 뽑혀도, 지점 B에서 태연하게 다른 싹을 틔워. 어디까지건 갈 수 있고, 거기서 살아갈 수 있어. B가 안 되어도 C, D, F 등등 전혀 다른 인맥이 있지. 내일부터라도 당장 장사를 시작할 수 있어. 그건 내가 지연이나 혈연, 학연, 회사 인맥을 갖고 있지 않기 때문이야. 그에 기대지 않기 때문에 자유롭게 살 수 있는 거야."

종적이 아니라 횡적으로 이어지는 인생. 그는 인맥의 생성과 소멸을 그물로 표현한다. 이쪽 줄이 끊기면 저쪽의 줄을 이으면 된다. 그러면 살아남을 수 있다.

사람 간의 만남, 생성, 소멸의 궤적은 커다란 세계에서 볼 때 그저 한 순간의 깜박임에 지나지 않을지도 모른다. 생, 멸, 생, 멸. 만남, 이별, 만남, 이별……. 영원할 수 없는, 얇고 가는 끈에 연연할 필요는 없다. 끊고 이으면 그만일 뿐.

그의 세계관에 따르면, 만남과 이별의 명멸은 인터넷 웹(그물)과 흡사하다.

예를 들어 보자. 한 쌍의 부부가 이혼을 하려 한다며 현수성에게 찾아왔다. 그들에게 있어서 이 사건은 굉장히 중대한 일이다.

그러나 현수성은 그들이 화해하여 재결합하도록 애쓰지 않는다. 그 인연을 끊고 다른 곳에서 새로운 인연을 만들기를 권한다. 그것은 분명 지금까지의 인생을 해체하는 행동이다. 그러나 미래의 새로운 가능성을 향해 눈길을 돌리기 위해서 필요한 일이다. 그는 모든 관계성은 하찮은 것이라며 달관하고 있다. 언제나 움직이고 변하는 것이 인적 네트워크라고 그는 말했다.

나는 그의 의견을 이렇게 표현할 수 있다고 생각한다.

제행무상諸行無常[8].

그러나 이 제행무상은 떨어지는 벚꽃이 덧없다는 수준의 감상적인 내용이 아니다. 훨씬 더 삭막한 것이다. 인간, 돈, 사물의 관계성은 영원하지 않다. 숙명적인 생성과 소멸이 따라붙는다. 본인이 그 사실을 각오한 채 자유로이 인연을 끊고 이을 수 있다면 좀 더 편하게 살 수 있다는 사고관이고, 어떤 의미로는 체념에 가깝다.

그는 천태종의 사카이 유사이 스님을 모시는 신자와의 인연으로 득도

---

8 불교의 세 가지 근본 교의 중 첫 번째로, 모든 것은 변한다는 뜻. - 역주

를 했다. 그러나 대화할 때 불교의 가르침을 인용하는 일은 거의 없다. 언제나 구체적인 방법론밖에 입에 올리지 않는 사내다.

그러나 그의 사고방식은 불교의 가르침과 자주 겹치곤 했다.

4

현수성은 니시나리에서 사람을 고용하여 야비한 장사를 계속했다. 그러는 한편으로 도쿄까지 와서 매일 밤 수백만 엔의 돈을 쏟아부으며 즐겼다. 신주쿠에서 마시면 신주쿠의 인맥이 보인다. 록뽄기에서 놀면 록뽄기의 인맥을 알 수 있다. 긴자에서 즐기면 긴자의 인맥, 아카사카에서 마시면 또 그곳의 인맥이 있다.

'뭐하는 세계인지 좀 들여다볼까?'

그 당시 현수성은 탐욕스러운 호기심으로 세상을 훔쳐보고 있었다.

물론 자기가 니시나리에서 인신매매를 하고 있다는 얘기는 하지 않았다. 주위에서는 고베의 부자가 놀러 왔다고 생각했던 모양이다.

어느 날, 그는 영화 「아게망」의 실제 모델이었던 게이샤 M과 아는 사이가 되었다. 현수성보다 열 살 정도 연상이라는 그녀는 놀랄 정도로 넓은 인맥의 소유자였다. 여자지만 굉장히 듬직한 사람이었다고 한다. 마음 씀씀이도 일류고 사람의 이야기도 잘 들어준다. 현수성은 그녀를 통하여 정치계, 재계, 실업계, 연예계를 돌아볼 수 있게 되었다.

'좀 소개하고 싶은 사람이 있는데요.'

그녀의 안내를 통해 많은 사람과 교제하는 것이 가능해졌다. 재계의 실력자 A를 알게 되고, 그를 통해 전 운수담당 대신이었던 미츠즈카 히로시를 만났다. 그리고 그의 소개로 마침내 로터리 클럽에 가입할 수 있게 되었다.

그곳에는 온갖 명사들이 모여 있었다. 화려하고 풍족하고 휘황찬란한 세계. 그 안에서 M을 통해 친해진 게이 클럽의 '오후쿠'의 주인과 마주쳤고, 그를 통해 또다시 인맥이 늘어났다.

"어땠어요? 현 소장님의 전망이 보였나요?"

현수성은 고개를 저었다.

"아니. 중학교 졸업하고 초밥집에서 일할 때는 돈을 벌면 잘 살 수 있다고 생각했었지. 하지만 다들 자유롭지가 않아. 난 나 혼자밖에 없으니까 마음도 가볍잖아. 말하자면 소형 보트 같은 거지. 핸들만 돌리면 맘대로 움직일 수 있어. 하지만 그 사람들은 대형 페리야. 멈추거나 좌우로 가려 생각해도 잘 안 돼. 그래서 안달하고 있다가 암초에 들이박는 거지.

돈을 가지고 있어 봤자, 골프, 집, 여자……. 쓰는 방법이 하나의 유형이라 재미가 없어. 난 니시나리에서 아카사카로 왔지만, 그 사람들은 아무도 아카사카에서 니시나리로 가지 않는걸. 딱하기도 하지.

게다가 올라간 곳에서 미끄러지는 게 무서우니까, 안 떨어지려고 발버둥 치는 게 전부야. 떨어져 본 적이 없으니 아래 세상이 무서울 수밖에.

그때의 나는, 나보다 강한 놈을 만나게 되면 그 뒤를 따라가자고 생각했던 것 같아. 하지만 다들 나랑 똑같더라고. 다들 공포에 사로잡혀서 자기 일만으로도 벅차. 신음이 나올 정도로 돈이 많아도 혼자서 고독감에 떨어야 하고 자기 뒤처리도 스스로 못 해."

개중에는 현수성이 토건업자라는 사실을 알게 되자 바로 츄고쿠 국제 공항의 공사 정보를 알려 주는 정치가도 있었다. 물론 이권이 얽힌 제안 이다. 안 지 며칠 되지 않았는데도, 믿을 만한 사람의 소개로 알게 된 지 인이라는 이유만으로 너무나 무방비한 태도였다.

"서두르고 있더라고. 필사적인 모습을 보아 하니 선거 자금 만드느라 애쓰는 것 같던데."

"그 이야기를 받아들였나요?"

"바보냐, 그런 얘길 듣게. 그놈들은 돈 버는 데엔 생초보야. 위험한 얘기지, 까딱 잘못하면 뇌물수수로 난리가 난다고. 그놈들은 조심해야겠다는 생각 자체가 없어. 난 그런 짓 안 해도 얼마든지 돈 벌어."

대기업의 사장이라 해도 마음대로 사과 하나 할 수 없다. 그의 일거수 일투족 하나하나가 기업의 입장 표명이 되기 때문에 다른 임원들의 동의를 얻어야만 하는 것이다.

'그래가지곤 돈의 사용법조차 모르지.'

현수성이 쥐고 있는 만 엔 지폐에는 손때가 묻어 있다. 사람의 땀과 피, 원한과 집착. 그는 가슴 아플 정도로 그 사실을 알고 있다. 그런 그가 뿌리고 다닌 돈뭉치의 무게는 무겁다.

그러나 현수성이 만난 사람들은 자신이 가진 만 엔 한 장에 그만큼의 의미를 두지 않는다. 돈이 어디서 와서 어디로 흘러가는지 모르는 만큼, 대부분의 사람들은 씀씀이가 좋지 않았다.

현수성은 미소로 사람들을 맞으면서도 속으로는 냉정히 상대를 관찰하고 있었다. 그는 이 인맥에 돈을 쓰는 것을 즐기지 않았다. 돈을 쓰기 시작하면 도리어 남들이 경계할 것을 간파했기 때문이다.

그는 사람을 보러 간 것이다. 이곳은 인간 사회를 배우기 위한 학교이며, 학교에 돈을 내는 것은 당연하다, 교사를 상대로 장사해선 안 된다는 것이 그의 논리였다.

그가 돈과 인간의 관계를 어떻게 생각하고 있었는지를 알려 주는 말이 있다.

"처음에 종업원을 고용했을 때는 정말 기뻤지. 나는 이 녀석을 산 거다! 나 혼자 경험한 세계는 한정되어 있지만, 이 녀석의 뒤에는 또 다른 인맥이 10명 이상 이어져 있을 것이다. 그를 따라가면 또 새로운 인간이 10명 있다. 그렇게 내가 모르는 세계로 끝없이 이어져 있을 테지. 이 녀석에게 지불하는 돈을 급료라고 생각하지 않았어. 오히려 부동산을 사기 위한 대출금 같은 거야."

그는 인적 네트워크라는 자산에 몸을 팔아 만든 돈을 투자한 셈이다. 우리들은 보통 사람과 사람의 네트워크를 별로 인식하지 않는다. 가정이나 학교, 회사 등을 지나쳐 온 사람에게는 그렇다. 기존 시스템 속에 사람과 사람의 관계가 이미 구축되어 있고 자기 자신도 그 안에 짜 맞춰진다. 그 내부에서는 결코 숲 전체를 볼 수 없다.

그러나 현수성은 특수한 성장 환경 때문에 사회의 외부에 있었다. 그 덕에 사람에게 안 보이는 것이 보인다.

물론 그렇게 사람들의 관계를 재면서, 맘속 어딘가에서는 그 네트워크에 소속되고 싶었으리라. 그는 돈을 써도 써도 허무함에서 달아날 수가 없다고 고백했다.

"이제 돈을 쓰는 것도 질렸다."

그러나 제니게바의 말로는 현수성을 만족시키지 못했다. 어떻게든 그 다음에 오는 것을 알고 싶다고 바랐던 것이다.

극단적으로 돈벌이에 매달렸던 그는, 삶의 막다른 골목에 도착하는 것도 시간 문제라는 걸 느끼고 있었다. 이대로 가면 머지않아 파멸한다. 언젠가 올라간 산꼭대기에서 내려와야만 한다. 등을 보였다간 누군가가 자신을 찌를 것이다. 아무도 믿지 못하고 혼자서 미움을 사고 시기당하며 버텨야만 한다.

그런 상황에서 천태종 사카이 스님을 정신적인 버팀목으로 삼게 된 것은 당연한 일이다. 신문 기사에 따르면 그와 함께 동북 지방을 순례한 것이 전환점이 되었다고 쓰여 있다.

그러나 내 나름대로 현수성의 실체를 파악했다고 생각한 순간, 그를 기다렸다는 듯이 현수성이 낮은 목소리로 말했다.

"내가 뭘 의지해서 살아왔는지 알아? 나 자신이야. 그것 말고 뭐가 있겠어? 옛날 인터뷰가 어쨌다고? 그건 말야, 잘 부탁한다고 홍보하는 명함 교환 같은 거야. 갑자기 사람을 돕겠다고 나서 봤자, 아무도 나 같은 거에 관심 있을 리가 없잖아. 누군지도 모르는데 믿고 상담을 하겠어? 그러니까 세상이 알기 쉽도록 적당히 자기소개를 한 거지."

그렇게 말하더니 웃었다.

"그럼 대사님과 순례하다가 불교에 감명받고 인생이 바뀌었다는 얘기
는……?"

"미안하지만, 아냐. 그 여행은 세상을 보러 돌아다닌 『동해도 도보 여
행기』⁹ 같은 거야. 세상 참 재밌더라, 그런 기분으로."

"그럼 한신 대지진 때 자원봉사자로 활동하면서 느낀 바 있어 투신했
다는 얘기도?"

현수성은 한쪽 입 끝을 치켜세우면서 웃었다.

"아아, 그때? 해체 공사 덕분에 돈을 세 배는 더 받았지. 언제나 사기
를 쳐서 버니까 뒤끝이 안 좋았는데, 재해 시절엔 고맙다는 말을 들어 가
면서 단가를 세 배로 불렀어. 신기하지? 당한 기억은 맘속 어딘가에 계
속 남아 있는데, 감동한 기억 같은 건 눈 깜짝할 사이에 잊어버리게 되니
말이야. 워낙에 바빠서 말야. 잘됐다고 생각한 다음 순간엔 이미 기억에
없어."

익혀도 구워도 못 먹을 사내 같으니.

"하지만, 입으론 그렇게 말해도……."

아무리 노력해도 그의 진심을 파악했다는 실감이 나질 않는다.

위악인가, 아니면 진짜 악당인가. 립서비스인가 진심인가.

내가 그에 대해 논한다는 것은, 정어리가 커다란 고래를 삼키려고 하
는 행위 같은 것일지도 모른다. 순간 붙잡았다고 생각하지만, 다음 순간
에는 입에서 미끌거리며 빠져나간다.

나로서는 그의 본심을 알 수 없을 거라는 암담한 예감에 사로잡혔다.

9 일본 에도 시대의 해학 소설. - 역주

과거 순례

1

2010년 1월, 새벽 4시 30분. 나는 오사카 시 니시나리 구 카마가사키의 보랏빛 어둠 속에 서 있었다. 상당히 춥다. 하늘에서는 진눈깨비가 내리고 있었다.

여기는 현수성이 예전에 인부 파견업을 했던 곳이다.

그가 어떤 생활을 했었는지 알고 싶어서 도쿄에서 심야 고속버스를 갈아타고 여기까지 왔다.

카마가사키는 니시나리 구에 있는 일용 노동자들의 동네다. 200채 이상의 간이 숙박소가 줄지어 있는, 이른바 도야 거리[10]다.

아이링 지구라고도 불리는 카마가사키는 오사카 시의 남부, 니시나리 구의 동북부, JR 전철의 신 이마미야역 남쪽에 위치하고 있다. 면적은 0.62평방킬로미터. 현재 이 안에 약 만 명 정도의 일용 노동자가 살고 있

---

10 일용 노동자들이 많이 사는 곳을 일컫는 말.

다. 때로 일본 제일의 슬럼가라는 말이 따라붙는 땅이다.

걷고 있자니 어두운 거리에서 거대한 건물이 모습을 드러냈다. 아이링 노동센터다. 3층 건물이다. 1층에는 거대한 셔터가 몇 겹이나 내려져 있고 위층은 불투명 유리다. 크기만 봐도 이곳의 중심 역할을 하고 있음을 알 수 있다.

그 셔터 앞에 칙칙한 작업복을 입은 사내들이 어깨를 흔들고 무거운 다리를 끌면서 모이기 시작했다. 이제 곧 육체노동을 시작한다는 기백보다는 무거운 피로와 따분함을 짊어지고 있는 것처럼 보인다. 머리가 희끗희끗한 남자도 많다. 그들의 발밑에서 더러운 들개가 꼬리를 축 늘어뜨린 채 걷고 있다. 몸집이 꽤 컸다.

가게를 열려고 준비—비닐 시트 위에 물건을 늘어놓는 것뿐이지만—중인 그림자들이 센터 주변에 나타났다. 도시락을 사려는 손님들이 금세 몰려들었다. 주위를 둘러싼 사내들이 수군거리는 목소리가 낮게 들려왔다.

드럼통에 피어오른 불꽃만이 어둠 속에서 주황색으로 빛났다. 사람들의 그림자가 춤을 준다.

다섯 시가 되자, 1층의 거대 셔터가 철컥거리며 차례차례 열렸다. 안에서 흘러나오는 빛이 1층을 밝게 비추고 있었다. 동트기 전 어둠에 잠긴 거리와는 대조적인 느낌이다. 노동자들이 차례차례 안으로 들어갔다. 건물 안은 어시장처럼 넓었다. 하지만 이곳은 어시장이 아니다. 힘, 기술, 경험, 그리고 자신의 인생 그 자체를 파는 인력 시장이다.

도로에 미니밴과 승합차가 나타났다. 미니밴 앞에 만 엔, 또는 구천 엔

이라고 적힌 종이가 붙어 있었다. 노동 임금의 일당이다. 이 차들이 노동
자들을 각기 다른 현장으로 데려가는 것이다.

남자, 남자, 남자, 남자……. 둘러보니 남자밖에 없다. 여자는 나뿐이
다. 들은 바에 의하면 이 거리의 남성 비율은 8할 이상이라고 한다. 엄청
나게 치우친 성비다.

2층으로 올라가 보니 직업소개소가 있다. 굵은 기둥 몇 개가 녹색 바닥
이 깔린 넓은 광장을 지탱하고 있다. 의사가 없는 야전 병원 같다. 더러운
모포를 덮은 사람들이 기둥 밑 차가운 바닥에 누워 있는 것이 보였다. 미
동도 하지 않는다. 이렇게 꽁꽁 얼어붙는 날에는 서 있어도 춥다. 누워 있
으면 손발에서부터 등까지 냉기가 스며들 것이다. 이른 아침인데도 색
색의 페인트가 칠해진 입구 앞에 여러 사내들이 웅크리고 있었다.

다시 1층으로 내려갔다. 대충 보기에도 일이 얼마 없는 것 같다. 활기
가 전혀 느껴지지 않는다. 2월은 비교적 사람이 많이 필요한 시기일 텐
데, 외부에서 온 나조차 불경기임을 피부로 느낄 수 있었다.

그들의 입김도, 내 입김도 새하얬다.

사내들 속에 인부 파견 업자가 있는지 찾아보았다. 현수성이 어떤 일
을 하고 있었는지 궁금했기 때문이다. 그러나 누가 업자인지, 누가 노동
자인지 나로서는 분간이 되질 않았다. 마이크 소리에 귀를 기울여 봤지
만, 정치적인 선전이 반복되고 있을 뿐이었다. 사람을 모집한다는 목소
리조차 들을 수 없었다.

나중에 들은 이야기에 의하면, 여기서는 얼굴만 보고 데려갈 노동자
를 선별한다고 한다. 이렇게 불황일 때에 눈에 띄는 방식으로 사람을 모

집하면 허탕 친 노동자들로부터 불만이 쏟아져 나온다. 그래서 아는 얼굴들에게만 눈짓해서 조용히 차로 불러들인다는 것이다. 하지만 그런 행운이 없는 사내들은 일을 얻지 못한 채 아침 해를 맞았다. 이미 몇 번이고 겪은 일이라 체념하는 데도 익숙해졌는지, 그들의 얼굴에는 분노도 슬픔도 없다. 그저 나른한 아침 속에서 어깨를 움츠리고 버틸 뿐이었다.

센터를 떠나는 내 등 뒤에서 소형 버스 한 대가 출발했다. 많은 노동자들을 남겨 둔 채로.

"이봐, 형씨. 나랑 일 안 할래? 이리 와."

1980년대, 버블 경제로 끓어오르던 카마가사키. 이곳에서 현수성은 물소 무리처럼 무모한 남자들에게 말을 건네며 버스를 채우고 있었던 것이다. 열기가 휘몰아치던 이 땅에서, 그는 어떻게 살아온 것일까.

착취하는 자의 이윤과 고용당한 자의 자존심. 균형을 잘 잡지 못하면 조폭에게도 인부들에게도 먹혀 버리고 만다. 불만이 조금이라도 쌓이면 바로 폭발해 버릴 것 같은 이 세계에서, 조직의 빽도 없이 아슬아슬하게 균형을 잡으며 사는 것. 무척 어려운 일이었으리라.

그가 카마가사키에서 인부 파견업을 시작한 때는 1980년이다. 불황을 지나 버블 경제를 맞으려는 시대가 들끓기 시작하던 무렵이다. 모든 사람들이 난리 법석을 피우던 아수라장 속에서 그는 살아남았다.

현수성이 신주쿠 구호센터를 시작했을 때부터 알고 지냈다는 어떤 남자의 말을 들어 보자.

"본인이 스스로 나쁜 짓을 해왔다고 인정한다면, 그런 거겠죠."

복잡한 얼굴로 재떨이를 당긴 그는 담배에 불을 붙였다.

"하지만 인부 파견 업자도 여러 종류니까요. 좋은 사람이 있으면 나쁜 사람도 있어요. 그게 요새 말하는 비정규직이잖아요. 옛날에는 위법이었지만 지금은 대부분의 분야에서 허용되죠. 그 일 자체를 사회가 필요로 하니까요."

필요악이라는 단어가 머릿속에 떠올랐다.

"뭐, 그때의 현수성 씨를 모른다면 일반적인 이야기밖에 할 수 없지만요."

그러더니 입을 열기 시작한다.

본디 인부 알선은 원활한 노동자 공급을 위해 필요한 역할이며, 주로 막노동자를 대상으로 삼는다. 그러나 이것은 직업 안정법 중 인사 공급 금지(44조)에 저촉되는 불법이다. 전쟁 전에 당연시 되던 인신매매나 강제 노동을 막고, 민주적인 노동을 위해 근대적인 노동법이 제정되었다. 그 과정에서 인부 파견업과 같은 중간 알선 착취도 금지되었던 것이다. 이 법률은 1961년 카마가사키 폭동을 계기로 현실에 적용되기 시작했고, 인부 파견업도 집중 단속되었다.

그러나 상황은 그렇게 단순하지 않았다. 인부 알선 업자들이 사라지자 다양한 곳에서 문제가 발생했던 것이다. 가령 항구에 도착한 바나나를 옮길 노동자를 때맞춰 모을 수가 없다. 그러면 바나나가 썩어서 막대한 손해를 입는다. 항구뿐만 아니라 건설, 제조업에서도 똑같은 문제가 생겨났다. 결국 오사카 의회가 인부 파견업을 인정해 달라고 국가에 탄원하기에 이르렀다. 그 결과 재직 증명서가 없어도 일용 실업 수당을 지급받을 수 있는 직업소개소가 카마가사키에 세워졌다. 마을 이곳저곳에

흩어져 있는 암시장을 직업소개소로 집중시켜 위법 업자들을 한곳으로 모으려는 의도였다. 사실상 인부 파견업을 눈감아 주겠다는 제스처다.

"파견 업자 말고 정부가 직접 노동자를 연결해 주면 된다는 얘기도 있었어요. 하지만 인부 알선이라는 건 그냥 사람을 보내면 끝나는 게 아니거든요. 막노동, 미장이, 목수 등 현장에서 필요한 기술을 가진 사람을 순간적으로 분별해서 파견해야 돼요. 한눈에 사람을 파악하는 능력이 없으면 무리죠."

현수성이 평소 말하던 '사람을 분별하는 능력'은 이때 갈고닦은 것임에 틀림없다.

"행정 기관은 평등을 중요시하는 탓에 개개인의 능력과 상관없이 빠른 사람 순으로 파견합니다. 그래서는 도움이 안 돼요. 사람을 필요로 하는 건 대개 건설 현장이나 항구, 제조업 쪽이잖아요? 위험한 일이라고요. 아무나 보냈다간 다쳐요. 그러니까 기업은 일용 노동자 중에서 필요할 때에 필요한 사람을 데려오는 업자가 필요한 겁니다."

그들은 경제를 돌리기 위해 필요한 장기 중 하나다. 불법이라고 잘라 말하자니, 일본 경제라는 생물을 움직이는 데 너무도 큰 역할을 하고 있다. 단속하면 파견업은 보이지 않는 어둠 속으로 더욱 기어들어 갈 것이다. 그들은 사회 시스템에 필요한 존재니까. 그것을 개선하려면 일본 경제 자체를 바꿔야만 한다. 건설, 항구, 제조. 이들의 노동력 공급 기지는 고도 경제 성장 시절에서부터 줄곧 카마가사키가 담당했다. 특히 건설과 항구 쪽 업체는 호황과 불황, 혹은 날씨 등에 따라 필요한 인력이 달라진다. 일이 없을 때마저 노동자를 책임지고 싶지 않은 기업은 필요할 때 필요한 만큼만 공급받기를 원했다. 그래서 노동력을 모았다가 잘랐다가 하는 장치가 필요하게 된 것이다.

최대한 단가를 낮춘다. 자랑스럽게 그리 말하지만, 그 단가 절감의 뒤에는 이런 희생이 필요하다. 일용 노동자와 알선 업자. 그 장치를 이용함으로써 생겨난 이윤은, 손을 더럽히지 않고 안정된 수입을 얻을 수 있는 사람들의 생활을 떠받치고 있다. 그들은 비정규직 노동력을 사용해 이윤을 얻으면서도 노동자를 모으는 일도, 자르는 일도, 조폭과 다투는 일도, 더러운 일에 발을 담그는 일도 없이 그 이득을 가져간다.

만일 내가 현수성의 입장이었다면 어떻게 생각했을까.

현수성은 언젠가 이런 말을 했었다.

"부자란 건 도대체 어떤 종류의 인간일까? 한번 만나고 싶다, 이 눈으로 똑똑히 보고 싶다. 그렇게 생각했었어."

이 마을에 온 지금, 나는 현수성의 말에 동의할 수 있다. 그렇게 인생이 술술 풀리는 사람은 도대체 어떤 사람일까. 자기보다 훨씬 더 효율 좋게 돈을 뜯어 가는 사람들은 도대체 어떤 종류의 인간일까. 그렇게 생각했음에 틀림없다.

"하지만, 다른 업체들보다 더 심하게 노동자를 다뤘다면 14년이나 인부 파견을 할 수 있었을 리가 없습니다. 소문이 퍼져서 아무도 그 업체를 찾지 않게 될 테니까요. 지금은 조폭의 빽도 없이 혼자서 하는 인부 파견업 따윈 전멸했지만요. 몇 번이나 말했지만, 파견업도 여러 부류가 있거든요. 예를 들면 임금을 주지 않는 고용처에다 돈을 달라고 항의해 주는 좋은 업체도 있어요."

그 말을 들은 나는 여주인의 몸을 팔고 고물상의 부조금을 빼앗은 현수성이 무슨 대의를 내세우고 있었는지 깨달았다. 사내들에게 일당 임금을 지불할 수 없다는 것이 무엇을 의미하는지, 피부로 느낀 그의 각오가 보통이 아니었다는 것만은 짐작할 수 있다.

이 마을에는 천 명이 넘는 노숙자가 있다고 한다. 그러나 그 남자의 말에 따르면, 지금은 거리에서 자고 있지만 그들의 긍지는 요새 젊은이들보다 훨씬 대단하다고 한다.

"'봐라! 이 빌딩도, 저 다리도, 이 길도, 모두 우리가 만든 거다. 우리가 일본의 주춧돌을 놓은 거라고.' 아저씨들은 모두 그렇게 생각해요."

그들이 지금 원하는 것은 일이다. 좀 더 나아가 말하면 긍지다. 누군가가 자신을 필요로 한다는, 도와주길 원한다는 감각이다.

"실업자 중에는 외롭고 춥고 병든 나머지 낮부터 술을 퍼마시는 사람도 있죠. 하지만 저 사람들은 노동자입니다. 누군가가 자길 필요로 하기를 기다리고 있어요. 일하게 해 달라고, 일만 시켜 달라고. 그렇게 생각하고 있지요."

그들에게 일을 제공했던 현수성의 사업. 그냥 브로커 착취일 뿐이라고 잘라 말할 만큼 단순한 것이 아니다. 이러한 환경에 놓여 있던 그에게, 나의 가치 판단을 들이밀어 봤자 소용이 없다. 이곳에 사는 사람들은 말한다. 여기서는 살기 위한 모든 행위가 공공연히 행해진다고.

한없이 다정한 사람도, 사람이 좋은 나머지 사기당하는 사람도, 남을 잘 부리는 사람도, 돈벌이에 혈안이 된 사람도, 모두가 살기 위해서 움직일 수밖에 없다. 한 사람 한 사람에게 의미가 있으며, 외부에서 오는 가치 판단 따위는 별 소용이 없다.

추운 겨울 하늘에서 진눈깨비가 내리기 시작했다.

나는 카마가사키에서 등을 돌렸다.

2

"나는 히라야마 씨가 고베에서 나쁜 짓을 했다고는 생각지 않습니다."

고베의 나가타 구에서 현수성의 부하였다는 남자가 말했다. 한신 대지진을 계기로 현수성의 밑에서 일하게 됐다고 한다. 니시나리와 마찬가지로 인부 파견업을 했다고 한다.

그것은 1995년, 1월 17일 오전 5시 45분의 일이었다. 규모 7.3, 진도 7. 일본은 전쟁 이후 최악의 피해를 입었다.

이 재해의 사망자는 6,434명. 즉사한 사람은 대략 5,500명. 원인은 대부분 압사다.

그 중에서도 나가타 구 사람들이 가장 많이 희생되었다. 나가타 구에 낡은 주택들이 집중적으로 남아 있었기 때문이다. 그중 대부분이 노동자이거나 연금으로 생활하는 노인들을 위한 목조 가옥이었다. 이후 피난소에서 이루어진 청취 조사에 따르면, 대부분이 집세 3만 엔 이내의 임대 주택이었다고 한다. 재해가 발생하자 가난한 사람들이 제일 먼저 죽은 셈이다. 모처럼 살아났지만, 돌아갈 곳도 없이 홀로 남겨진 사람들도 가설 주택에서 목숨을 끊었다.

'역시 돈이로군.'

현수성이 그렇게 생각한 것도 무리가 아니다. 그들의 마음을 가장 잘 알고 있는 것은 현수성이겠지만, 표면적으로 떠오르는 것은 메마른 감상뿐이었다.

지진이 일어난 날. 현수성이 살던 맨션은 내진 설계가 되어 있어서 아무 이상도 없었다. 사태의 심각성을 깨달은 것은 15분 후. 여기저기서 걸려 오는 전화를 통해서였다. 텔레비전을 켜보니 속보가 끝난 뒤라 짧막한 정보밖에 보지 못했다고 한다.

맨션은 고지대에 있었다. 창문 밖을 내다보니 스마 마을이 불타는 게 보였다. 보통 일이 아니다. 그렇게 판단하고 히메지에 있는 회사에 생수통과 오토바이를 사놓으라는 지시를 내렸다. 물을 장만해야 한다. 그리고 재빨리 움직일 수 있도록 오토바이가 필요하다. 그렇게 직감했다고 한다.

가족을 집에 남겨 두고, 나가타 구에 있는 처가의 안부를 확인하러 가려고 밖으로 한 발 내디딘 순간. 그의 눈에 비친 것은 그야말로 상상을 초월하는 풍경이었다. 처가가 있는 나가타까지 오토바이로 15분 걸린다. 길가는 이재민으로 가득 찼고 아스팔트는 함몰되었다. 정체된 도로는 전혀 움직이지 않는다. 구급차도 소방차도 어찌할 도리가 없었다. 주택가로 들어갔다. 무너진 담, 쓰러진 벽, 떨어진 지붕. 부러진 전봇대에서는 전선이 불꽃을 튀기고 있었다. 붕괴한 집에서 피어오른 돌가루들이 하얗게 쌓여 있다. 기왓장 앞에서 절규하는 사람, 망연자실한 사람들의 모습이 보였다. 펑, 파열음을 내며 피어오른 화염이 거리를 뜨겁게 달구었다.

검은 연기 때문에 아무것도 보이지 않는다. 이상한 냄새가 코를 찌른다. 목이 심하게 아프다. 소란스러운 비상경보 소리와 계속 울리는 차의 클랙슨, 아이들의 울음소리, 누군가의 이름을 부르는 소리. 현수성은 그저 오토바이를 몰았다. 몇 사람의 시체와 몇 사람의 부상자를 목격했다.

도착해 보니 처가는 무너져 있었고 가족들은 그 아래 산 채로 갇혀 있었다. 다행히도 그들은 구사일생으로 구출된다. 현수성은 친구와 지인을 찾기 위해 고베의 거리를 돌았다. 대혼란이 일어난 현장에서는 전화와 휴대폰 등 통신 수단이 모두 무용지물이 되어 있었다. 화마에 쫓겨 피난한 사람들도 있었기 때문에 생사 여부를 확인하는 데만 사흘이 걸렸다. 대부분 무사했지만, 지인 네 명이 사망했다.

현수성의 머리보다 몸이 먼저 구조 활동에 나섰다.

당시 상황은, 육체노동 및 현장을 지휘하는 것에 익숙한 그를 필요로 하고 있었다. 지진 발생 후 며칠이 지나자 공원, 학교, 회관 근처에 텐트촌이 생겨났다. 현수성 밑에서 일하던 사원들도 집을 잃고 텐트촌에서 살고 있었다. 현수성은 그들을 돌보는 한편, 전국 각지에서 날아오는 구호물자를 배분하는 일을 적극적으로 도왔다. 친구들을 돕기 위해 오토바이를 타고 각 지역을 돌기도 했다.

수도가 끊긴 탓에 그가 사둔 생수통이 큰 도움을 주었다. 하루하루가 지나갈수록 사망자나 부상자의 수가 계속 늘어났다.

때로는 그 오토바이에 두 명이 타고 달렸다. 이때 함께 행동한 사람이 바로 카마다이다. 원래 초밥집 점원이었다가 나중에 현수성의 회사 지점장이 된 사람이다.

며칠이 지났다. 가족과 친구, 집과 재산을 잃고 피난해 온 이재민들은 배식 장소 앞에 웅크리고 앉아 있었다. 충격과 슬픔을 이기지 못한 나머지 움직이지도 못한다. 갈 곳도 없다. 7~10일이나 목욕하지 못한 사람들뿐이었다. 현수성은 회사의 버스에 이재민들을 태우고 니시노미야로 데려간 뒤, 그곳 기숙사에서 무상으로 목욕할 수 있도록 조치했다.

그러나 몇 개월 후인 3월 20일에 옴 진리교가 지하철에 독가스를 살포하는 사건이 발생한다. 세상의 이목은 그쪽으로 쏠렸고, 한신 대지진은 잊히기 시작했다.

피해는 빈부 격차에 따라 달랐다. 게다가 회복하는 데에도 돈이 필요했다.

특히 나가타 구의 경우, 주요 산업이었던 신발 공장이 엄청난 피해를 입었다. 사람들은 한낱 돌조각으로 변한 집 앞에서 우두커니 서 있을 수밖에 없었다.

카마다가 말했다.

"히라야마 씨는 나가타 구 한가운데에 회사를 세우고 사장 자리에 나를 앉혔습니다. 그 무렵 나가타에 있던 회사들이 모조리 망해서 실업자가 넘쳐흘렀죠. 그래서 건설 및 해체에 사람을 파견하는 회사를 세운 겁니다. 인부로 나가타의 사람들을 고용하면서요.

다른 지역에서 인부들을 불러오면 재해 지역엔 별반 도움이 안 되잖습니까. 나가타에서 사람을 모으면 돈도 그대로 나가타 사람들에게 떨어져요. 지역 사람들이 정말 고마워했지요. 집은 불타 버리고 일자리도 없는데 돈이 한 푼도 없는 사람들이 많았거든요. 집을 다시 지을 여유도 없을 것 아니겠어요. 게다가 그 무렵 현지인들에게는 일이 필요했어요. 쪼그려 앉아서 누가 도와주길 기다리고 원조물자를 받아먹는 것보다는, 스스로 일해서 밥벌이를 하는 게 희망적인 기분이 더 들지 않겠어요? 잘된 거라고 생각합니다.

여기 사람들에게는, 그리고 제게는 고베를 스스로 재건설했다는 긍지가 있습니다. 그 편이 살아있다는 실감도 느낄 수 있고요. 꽤 효과적인 원조 방법이었다고 볼 수 있지 않을까요?"

그러나 현수성은 남의 불행으로 밥을 벌어먹었다고 생각하고 있었다. 그게 아니면 카마다의 말대로 사람을 돕기 위해 세운 회사였던 걸까. 아마도 양쪽 다일 것이다.

항상 그의 행동은 보는 각도에 따라서 다르게 보인다. 한 가지 시선으로 판단할 수 없는 인물, 그것이 바로 현수성이다.

카마타의 이야기가 계속되었다.

"당시에는 산업 폐기물을 버리는 곳이 없어서 다들 골머리를 썩고 있었어요. 그때 삼천만 엔을 선불로 내면 버릴 장소를 소개해 주겠다는 얘기를 들었어요. 하지만 그런 게 있을 리가 없었던 거죠. 어느 조폭에게 속은 거예요. 그런데 히라야마 씨는 속도 좋죠. 그때 우릴 속인 녀석들이 조직에서 쫓겨났을 때 자기한테 오라고 권하더라고요."

그들 중 한 명이 바로 가솔린으로 조폭 간부를 협박할 때 동행한 부하였다. 히라야마 씨를 위해서라면 목숨도 바치겠다는 각오였단다.

왜 현수성은 그들을 자신의 밑으로 끌어들였을까. 의협심인가, 아니면 또 사람을 조종하기 위해 계산한 것인가. 나로서는 알 수 없었다.

"히라야마 씨가 신주쿠 구호센터를 시작했다는 얘기, 직접 들었는지 텔레비전에서 봤는지 이젠 기억이 안 납니다. 그 사실을 알았을 때 별로 놀라지도 않았습니다. 그 사람다운 행동이다, 잘됐네, 그런 생각을 했습니다. 자신의 능력을 발휘할 수 있는 적절한 장소를 찾아낸 거지요. 히라야마 씨는 무서운 사람이라고 주위에서 꽤 유명했습니다만, 제게 있어선 무척 다정하고 착한 형님 같은 느낌이었습니다. 무서워할 것 없어요. 네, 전혀 없었습니다. 구호센터를 계속했으면 좋겠네요. 히라야마 씨는 의외로 외로움을 타는 구석이 있거든요."

3

현수성이 아카사카에서 흥청망청하던 시절에 대해 알려 주겠다고 나선 사람은 게이 클럽 '오후쿠'를 경영했던 오후쿠였다. 그 가게는 폐업한 상태다. 오후쿠는 성악을 전공했는데, 미소라 히바리만큼 높은 키로 노래할 수 있다고 한다. 그 노래를 들으러 미소라 히바리 본인마저 찾아와서 친해졌단다. 오후쿠의 앨범을 열어 보면, 전성기 시절의 휘황찬란한 연예인들이 오후쿠와 함께 사진 속에 찍혀 있다. 그의 입에서는 누구나 알고 있을 정치인-기업인들의 이름이 줄줄이 쏟아져 나왔다.

오후쿠는 현수성에게 호감을 느끼고 다양한 유명인들에게 그를 소개시켜 준 사람이다. 그 당시의 이야기를 들어 보았다.

"게이샤들은 스토커 문제 때문에 여러 가지로 애를 먹거든요. 현수성

씨가 그걸 해결해 줬던 모양이에요. 그런 얘기를 여러 명에게서 들었어요. 조폭과 싸우는 것도 피하지 않는다고요. 꿈쩍도 않는 사람이에요."

이것이 가장 먼저 나오는 이야기였다.

"현수성 씨를 좋아하는 아이들도 여럿 있었어요. 하지만 현수성 씨가 귀찮아했던 것 같아요. 사귀어 봐도 좋지 않냐고 부추겼었지만 안 되더라고요. 고베에서 엄청나게 놀았으니까 이제 됐다면서."

현수성 관련으로 인상 깊었던 일이 있다면?

"혹시 들은 적 없어요? 나랑 현수성 씨랑 또 한 명. 셋이서 양로원을 만들자고 얘기한 적이 있어요."

들은 적 없다고 고개를 젓자 이야기가 계속되었다.

"안락하게 지낼 수 있도록 양로원 안에 온천까지 짓자고 했어요. 꽤 구체적이었죠."

그러고 보니, 예전에 잡담할 때 현수성이 이런 말을 한 적이 있었다.

"만약 내가 양로원을 만든다면, 근처에 유치원도 같이 만들 거야. 노인은 아이들을 돌보는 게 삶의 보람이거든. 아이들도 노인들에게 사랑받다 보면 착하게 클 거야. 괜찮지? 뭐, 내가 만든다면 그런다는 얘기지만."

그때는 그냥 잡담이라고 생각했는데, 실은 구체적인 계획이 있었던 것이다.

오후쿠가 한숨을 쉬었다.

"그런데 또 한 명의 멤버가 자금 관련해서 이런저런 얘기를 꺼내서요. 나쁜 사람은 아니었어요. 좋은 사람이었지만, 돈 얘기로 넘어가면 좀 앞뒤를 안 가리는 데가 있어서. 현수성 씨는 그걸 보고 질려 버린 모양이에요. 결국 양로원 얘기는 없던 게 되었어요."

그로부터 얼마 후, 오후쿠는 신주쿠 구호센터 이야기를 현수성에게서 듣고 깜짝 놀랐다고 한다.

"뜻밖이었죠. 굉장한 실업가가 될 거라고 생각했는데 아까워서요. 하지만 사업을 전부 청산하고 구호센터를 만들다니, 지금 보면 정말 그 사람다운 짓이에요. 그 사람은 계속 남을 도우면서 살아왔으니까요. 아아, 그런 일을 하고 싶었던 거구나, 하고 납득이 가는 구석이 있었어요."

오하라 탐정 사무소의 탐정 오하라 마코토. 당시 현수성과 함께 일을 했던 동료 중 하나다. 둘이 같이 의사, 국회의원, 변호사 등등 여러 사람의 문제를 해결했다고 한다. 하지만 비밀을 지킬 의무가 있다며 입을 쉽게 열지 않았다. 문제가 없는 범위 내에서 이야기를 들려 달라고 부탁했다.

"어느 지방 도시에 사는 부부가 아들의 가정 폭력에 못 견뎌 도망쳤습니다. 현수성 씨에게 의뢰받아서 제가 처리했죠. 아들의 움직임을 감시하다가, 그가 집에 없을 때 이사를 마쳤어요. 그다음엔 그들이 들키지 않도록 보호하면서 새집까지 바래다주었습니다. 현수성 씨는 완벽한 일처리를 요구합니다. 내가 그만큼 해내고 있는지 어떤지는 모르겠지만, 벌써 10년이나 그와 교제하고 있으니 어느 정도 기대에 부응하고 있는 것 같아요."

현수성 본인은 보통 이런 일은 하지 않는다. 아니, 기본적으로 구호센터에서 나가질 않는다. 여기에는 이유가 있다.

어느 자산가 부부로부터 딸이 집에서 날뛰고 있으니 도와 달라는 연락을 받은 적이 있다. 즉시 집으로 달려가 보니, 그 딸이라는 여성은 떨어져 죽어 버리겠다며 창틀을 붙잡고 있었다고 한다. 현수성은 그녀를 붙잡았지만, 온 힘을 다해 날뛰는 성인 한 명을 계속 억누르는 것은 불가능에 가까웠다. 결국 그녀가 냉정해질 때까지 의자에 묶어 놓았던 것이다.

그 후 상대는 현수성을 감금죄로 고소했다. 체면을 신경 쓴 자산가 부부는 의뢰 사실에 대해 입을 다물었다. 경찰의 심문은 이러했다. '아시아인 = 조센징 = 나쁜 짓을 한 게 틀림없다.'

현수성은 똑같은 돌에 두 번 걸려 넘어지지 않는다. 그 이후, 기본적으로 센터 밖에서 직접 움직이지 않게 되었다. 대신 오하라와 같은 사람들에게 의지했던 것이다.

현수성이 구호센터를 연다는 얘기를 들었을 때, 오하라는 어떻게 생각했을까?

"남을 돕는 봉사 활동이라니, 솔직히 걱정했습니다. 하지만 벌써 7년이나 됐죠? 일반인은 할 수 없는 일이겠지요. 그만큼 경험이 많은 사람은 없습니다. 경험한 사람이 아니면 충고할 수 없는 일이 많이 있으니까요. 그런 사람은 이전에도 이후로도 좀처럼 나타나지 않을 거라 생각합니다."

여성 독자를 겨냥한 현수성의 책을 기획한 편집자도 만났다. 남성 독자를 위한 책밖에 쓰지 않던 현수성에게, 처음으로 여성용 콘셉트를 제안한 것이 그녀라고 한다.

"만났을 때 한 눈에 나쁜 사람이 아니란 걸 알아봤어요. 그래서 여성

독자를 위한 책을 쓰면 어떻겠냐고 제안했지요. 위트 있고 재미있는 사람이었어요. 막상 내보니 이제까지 낸 책 중에서 제일 안 나가긴 했지만, 그래도 여성을 위한 책을 만든 것 자체가 기쁘다고 하더라고요. 무서운 구석이요? 전혀 없어요. 언제나 행복하길 바라게 되는 사람이에요. 옛날 나쁜 짓을 했다는 내용의 책이 나올 때마다 다 거짓말이라고 생각했지요. 매스컴이 자극적 소재를 일부러 끄집어내고 있는 거예요. 과거 얘기를 늘어놓는 책은 이제 됐잖아요. 왜 옛날 얘기를 자꾸 들추려고 하지요? 7년이나 자원봉사 활동을 하고 있는데, 그런 책을 또 쓸 필요가 있을까요? 솔직히 모르겠어요. 그런 책에 무슨 의미가 있다는 거예요?"

4

오랜만에 구호센터에 얼굴을 내밀었다가 현수성을 만났다.

나는 현수성에게 과거 취재에 대해 자세히 얘기하지 않았다. 현수성이 '옛날 일을 이 이상 집적거리지 마'라고 못 박았기 때문이다.

그러나 내가 이야기를 들으러 어디로 갔었는지 다 알고 있었던 모양이다. 다 들여다보인단다.

"뭔가 좀 알아냈어?"

그가 묻기에 이렇게 대답했다.

"네. 다른 분들 얘기로는 굉장히 호평이던데요. 그렇다기보다, 험담은 하나도 듣지 못했어요. 현 소장님은 좋은 분이라면서."

"그래서?"

"구호센터 이전에도 현 소장님은 남을 돕고 있었구나 하고……."

현수성은 조금 웃더니 팔짱을 끼고서 내 말을 잘랐다.

"당신, 아무리 취재해도 소용없어. 그 누구에게도 내 모든 것을 전부 보여 준 적이 없으니까. 아무도 내 전부를 알진 못해. 여기 온 지 일 년 반 넘었나? 어느 봉사 활동이 어떻게 얽혀 있는지 지금도 모르겠지? 나 외에 여길 전부 파악하고 있는 사람은 없어. 360도가 전부라고 치면, 내가 남에게 보여주는 부분은 10도 정도밖에 안 돼. 아무리 여러 사람에게 물어보고 그걸 전부 이으려고 해봤자 내 실체가 되진 않아. 실례지만, 앞으로 10년 더 해도 내 실체에 대해 쓰는 건 무리야. 당신은 내가 말한 것과 여기서 본 것을 솔직히 반영하기만 하면 되는 거야."

"……."

"근데 당신, 그러고 보니 전에 말했었지? 내가 곤충학자 같다고."

"네."

"인부 파견을 하고 있을 적에 사토라는 이름의 현장 감독이 있었어. 그 녀석은 진정한 곤충학자였지. 그놈이 곤충을 어떻게 관찰하는 줄 알아? 자기 말로는 말야, 먹는대. 사마귀건 딱정벌레건, 메뚜기건 바퀴벌레건 정말로 이해하기 위해선 우적우적 머리서부터 먹어 치워야 한다고 그러더라고. 씹고 맛보고 삼킨다. 그 말을 듣고 무척 감탄했었어.

나도 똑같아. 인간을 먹는 거야. 남자건 여자건, 안 먹어 보면 모르거든. 그리고 잘 씹어서 삼키는 거야. 그러면 인간을 이해할 수 있어.

난 말이야, 상대방이 어떤 걸 제일 원하는지 알 수가 있어. 그 원하는 걸 줌으로써 상대를 길들이지. 다들 나더러 좋은 사람이라고 했다고? 그렇겠지. 나랑 있으면 다들 기분이 좋을 거야. 하지만 내 본질은 식인종이야.

현玄이라는 한자의 뜻을 알아? 여러 가지 색깔을 겹치면 한없이 검은색에 가까워지지. 그게 '검을 현'이야. 뒤섞인 색깔 중 하나만 빼내서 이것이 현수성이라고 말할 수는 없어. 재해 때 경험으로 바뀌었다고? 그게 아냐. 득도해서 변했다고? 틀렸어. 어느 색깔을 분석해도 전체는 보이지 않을걸. 나는 '검을 현'의 사람, 현인이거든. 당신만 아니라 누구도 알 수 없어. 조폭 간부건 내 제자건 가장 오래된 스태프건, 누구 한 명도 날 이해할 순 없을 거야."

누구나 들으면 알 만한 조폭 두목으로부터 '익혀도 구워도 못 먹을 남자'라는 평을 들은 사내가 내 눈을 들여다보며 웃고 있었다.

5

신주쿠교엔 역 앞의 찻집. 내 앞에는 마츠모토 변호사가 앉아 있었다. 게이오 대학에 다니던 시절에 현수성 밑에서 자원봉사를 했다고 한다.

"거기엔 정말 여러 부류의 인간이 오거든요. 상담자에겐 친절하게, 가해자에겐 강하게 대해야만 하는 소장님이 여러 면모를 가지고 있는 건 당연합니다. 제겐 무척 다정했습니다. 무서운 부분 같은 건 없었어요."

그는 대학생 때부터 변호사가 되고 싶어 했다. 그러나 세상 속에서 법률이 어떤 식으로 이용되는지에 대해선 알지 못했다. 그래서 현수성 밑에서 전화 담당 자원봉사를 했다.

"매일 별의별 전화가 다 와요. 다중채무, 스토커, 가정 폭력, 자살 충동……. 처음에는 정말 당황했어요. 어떻게 대해야 될지 모르겠더라고요. 하지만 덕분에 무척 많은 걸 얻었습니다. 법률이 실생활 속에서 어떻게 이용되는지도 알았고요."

현수성의 첫인상이 어땠냐고 묻자 쓴웃음을 짓는다.

"처음 만났을 때 제가 변호사 지망생인 걸 모르셨거든요. 변호사란 건 돈 버는 일에만 혈안이 되어 있어서 쓸모가 없다고 저한테 말씀하시더라고요. 사정을 아는 스태프들 얼굴색이 하얘졌었죠."

그 말을 듣고 무슨 생각을 했는가?

"분명 법률에는 한계가 있습니다. 하지만 법률로 해결할 수 있는 일도 있다는 걸 증명해 주자고 오히려 의욕이 치솟았습니다."

짙은 감색의 슈트, 시원할 만큼 흰 셔츠에서 그의 패기가 느껴진다. 그 또한 현수성처럼 가족 관계에 문제가 있었던 청년이다. 그가 18살일 무렵 아버지가 밖에서 여자를 만들었다. 이혼 문제를 놓고 옥신각신하기도 했다. 눈앞에는 슬픔에 젖은 어머니가 있었다.

"당시 어머니가 우울증에 걸리셔서요. 정말 여러 모로 힘들었습니다. 그 전까지, 저는 제가 평범한 가정에서 자라고 있다고 믿어 의심치 않았습니다. 하지만 돌이켜 보니 아버지와 제대로 얘기한 적도 없고 사랑받은 기억도 없어요. 그러고도 아무것도 몰랐다니 어이가 없었습니다. 그 뒤로 가정 문제 때문에 곤경에 처한 사람들을 돕고 싶어서 변호사를 지망했습니다. 그리고 또 하나의 문제에 도전하기로 했지요. 저는 아버지란 어떤 것인지 잘 모르거든요. 그렇기 때문에 더더욱 평범한 가정을 꾸려서 보통 아버지가 되고 싶다고 생각했습니다."

구호센터에서 봉사 활동을 하고 있으면 때때로 남을 통해서 자기 인생의 숙제가 뚜렷하게 보이는 적이 있다. 마츠모토뿐만이 아니다. 나도 상담자의 문제와 내 문제가 겹쳐지는 때가 있다. 그래서 봉사 스태프들은 가끔 '이 시기에 현 소장님과 만나게 된 것은 운명이다'라는 생각을 하곤 한다.

현수성에게 들은 말 중에 뭔가 인상 깊은 게 없는지 마츠모토에게 물었다. 잠시 생각한 그는 스스로도 놀란 것 같은 표정으로 입을 열었다.

"소장님이 이런 말을 한 적이 있어요. 어떤 일이든 자신의 눈으로 보고, 피부로 느끼고, 실제로 경험하라고. 그래서 실제 변호사를 만나게 해 달라고 부탁했지요. 그러더니 정말로 소개해 주더군요."

"만나 보니 어땠나요?"

"인생이 바뀌었지요."

그가 미소를 지었다.

"그걸 계기로 해서 이렇게 변호사 사무실에 취직했으니까요. 제 실장님이 바로 소장님이 소개시켜 주신 그 사람인걸요."

그렇게 말하더니 스스로 감동했다는 듯이 웃는다.

"저는 자원봉사자로서 상담을 받고 있습니다. 구호센터 일을 그만둔 게 아니에요. 워낙 바빠서 그쪽으로 자주 가진 못하지만, 여기서 전화를 받고 있으면 아직도 구호센터에 있는 기분이에요. 저는 지금도 그곳의 스태프입니다."

원래 자원봉사자였으나, 지금은 구호센터에서 나온 남성 한 명을 찾아가 보기로 했다. 쯔쿠바 시에서 심리 상담실을 운영하고 있는 아사이 씨다. 그는 코듀로이 바지에 자켓 차림으로 나를 맞아들였다.

그는 연락이 닿은 사람들 중 제일 고참인 스태프이다. 구호센터가 개설되고 반년쯤 지난 뒤 참가했고, 벌써 7년 가까이 함께 활동 중이다.

아사이는 원래 정신 장애자의 시설에서 살면서 일을 했다. 밤낮을 가리지 않고 시설 일을 돕던 중, 휴대폰 하나로 시작한 고민 상담이 좋은 평가를 얻어 심리 상담실을 세우게 되었다. 그 당시 우연히 알게 된 신주쿠 구호센터에 관심이 생겼고, 자신의 사무소를 운영하는 한편 일주일에 한 번 구호센터에 와서 전화 상담을 했다고 한다.

어릴 적에는 경찰이 되고 싶었단다. 결국 그 꿈을 이룰 수는 없었지만, 곤경에 처한 사람들을 돕는 일을 하고 있으니 오랜 시간 간직해 온 꿈을 실현했다고 말할 수도 있겠다. 경험이 많은 데다 성실한 성격이라 오랫동안 현수성의 오른팔로 일했다.

그러나 그런 아사이조차 이렇게 말했다.

"사실은 저도 소장님이 어떻게 사람을 돕고 있는지 잘 모르겠습니다. 보이는 것은 극히 일부분일 뿐이에요. 그 외의 영역에선……. 그래서 사사 씨가 소장님의 진면목을 모르겠다고 생각하는 것도 이해할 수 있습니다."

뜻밖의 고백이었다. 구호센터를 24시간 운영하던 초기 체제는 자금난에 시달린 나머지 사라졌다. 덕분에 밤중에 전화를 받을 일도 없어져서, 아사이가 봉사할 필요도 없어졌다. 그러나 지금까지 구호센터를 운영하는 데에는 이 사내가 큰 역할을 했다. 그런 그도 현수성에 대해 잘 모르겠다는 것이다.

"단지, 소장님은 상담자 개개인의 문제에 응하기 위해 상당히 전문적인 공부도 하고 있습니다. 구호센터에는 법률 서적부터 시작해서 온갖 전문서가 구비되어 있어요. 다양한 문제에 대처하기 위해서죠. 제가 전화를 받을 때 잘 모르는 문제가 튀어나오면 소장님이 옆에서 대신 조사하고 계셨습니다. '그 문제는 역시 그렇게 해결하길 잘했어.' 라면서 제게 가르쳐 주시곤 했죠. 굉장히 열심히 연구했던 것만은 틀림없습니다."

신주쿠 구호센터를 개설하기 전과 후. 그렇게까지 뚜렷하게 개심할 수 있다고 생각하는지 물었다.

"사람이 한순간에 다른 인격이 될 수 있다곤 생각지 않습니다. 아마도 소장님은 예전에도 지금 같은 사람이었을 겁니다."

"남을 돕는 사람이었다는 건가요?"

아사이가 고개를 크게 끄덕였다.

"현수성이라는 사람은 남을 지탱해 주기 위해서 한없이 강해야만 했던 사람이라고 생각합니다. 아마 무의식중에 그러겠지만, 절대로 약한 모습을 안 보이지 않습니까? 그렇지만 사실 소장님은 사람의 기분에 몹시 민감하고, 섬세하게 배려하는 분입니다. 다 같이 마시는 자리에선 기운 없는 사람이나 침묵하는 사람을 찾아내서 자리를 옆으로 옮겨요. 그리고 상대에게 말을 걸거나 웃기고선 이야기를 나누지요.

가령, 자살하고 싶다고 상담하러 온 사람한테 보험 들고서 죽으라는 식으로 심한 말을 하지 않습니까. 하지만 그분이 그저 시비를 걸고 있다고 생각한다면 착각입니다. 말하는 타이밍이나 대화의 흐름을 치밀하게 계산하면서 말하고 있는 거예요. 소문이 퍼지는 건 과격한 대사뿐이니까 세상 사람들이 놀라는 거죠. 하지만 현 소장님은 그 말을 언제 해야 할지 섬세하게 배려하는 데다, 남의 기분을 파악하는 능력을 갖고 있는 사람입니다. 다른 사람이 똑같은 방식을 적용하는 건 불가능할 겁니다."

"우리가 모르는 사이에 상담자를 이끈다는 건가요?"

"네, 그렇습니다. 현수성이 반드시 어떻게든 해줄 거라는 안도감. 소장님에게 상담하면 그런 측면이 있다고 생각합니다."

"그렇죠. 구호센터에서 상담자들을 대하고 있으면, 스스로 문제를 해결하긴 했지만 현수성이라는 정신적 의지처가 있었기에 가능했다는 고백이 많습니다."

아사이는 말했다.

"소장님은 자신이 강해야만 한다는 것을 누구보다 잘 알고 있을 겁니다. 조폭보다 강한 카리스마를 가져야만 했던 겁니다. 과거 얘기를 들어보면 강해지지 않을 수가 없었겠죠. 하지만 그도 인간입니다. 약한 일면도 있을 겁니다. 그가 도움을 청한다면 꼭 돕고 싶습니다. 그럴 때 절 의지해 주실지는 모르겠지만요."

6

가부키쵸는 재미있는 거리다. 길 하나하나마다 인상이 전혀 다르다.

가부키쵸 파출소 앞에서 모퉁이를 꺾으면 좁은 골목이 뒤엉켜 있다. 주로 러브호텔과 윤락가가 뒤엉켜 있는 곳이다. 보기에 따라서는 미묘한 분위기를 느낄 수 있다.

그러나 인간이란 뭐든 익숙해져 버리기 때문에, 한낮에 걷다 보면 오히려 상쾌한 기분이 들기도 한다.

창백한 불빛의 숙박 간판을 매달은 성 같은 건물들이 몇 개 서 있다. 오후라서 그런지 오가는 사람이 적다. 미성년으로 보이는 여자 아이와 오십 대 남성 한 쌍밖에 보지 못했다. 그런 광경도 여기서는 흔하다.

사람보다 들고양이가 많은 것 같다. 고양이 몇 마리가 내 앞길을 유유히 지나간다.

코리안 타운이라고 불리는 신오오쿠보 근처. 그녀의 사무실이 보였다. 작은 가게의 카운터에는 붉은 의자가 두 개 놓여 있었다. 정보지 몇 장이 쇼윈도에 붙어 있다.

"어서 오세요."

긴 머리칼을 묶은 여성이 상냥하게 웃으며 맞아 주었다. 매력적인 사람이다. 현수성에 대해 알고 싶다고 말하자 웃는다.

"제가 현 소장님에 대해서 얼마나 알고 있는지는 잘 모르겠습니다만."

그녀의 이름은 나가이. 부동산 중개업자다. 예전에 근무했던 부동산 회사의 사장이 현수성의 친구와 아는 사이였다. 그 인연으로 나가이가 현수성이 요청하는 매물을 찾는 역할을 담당하게 되었다고 한다. 구호센터가 탄생하는 순간을 목격한 몇 안 되는 인물 중 하나다.

구호센터를 차릴 사무실을 구할 당시, 현수성의 구상을 듣고 어떻게 생각했는지를 물었다.

"자원봉사로 사람을 돕는다길래, 무슨 소린지 잘 모르겠더라고요. 아마 주변 사람들은 다 그랬을걸요."

이야기가 계속되었다.

"지금은 비영리 법인이라는 게 친숙한 단어가 됐지만요. 그때는 이게 무슨 어려운 소리야 싶더라고요. 남을 돕고 싶다는 사정도 이해는 갔지만, 구체적인 이미지는 하나도 없었어요."

그녀의 말투에서 당시의 난감함이 느껴졌다. 무리도 아니다. 아마 일반적으로는 이렇게 생각했을 것이다. 나도 텔레비전에서 처음 구호센터 이야기를 접했을 때 비슷한 느낌을 받았었다.

마지막으로 현수성의 첫인상을 알려 달라고 하자, '어딜 봐도 조폭'이었다고 유쾌하게 말하며 웃었다. 색깔 있는 안경을 쓰고 복사뼈까지 내려오는 긴 코트를 걸치고 있었단다. 일반인으로 보기엔 너무 화려하다. 코트를 늘어뜨리고 가게에 들어오는 모습은 도저히 평범한 사람으로 보이질 않았다. 사투리 섞인 말투도 지금처럼 부드럽지 않고 퉁명스러웠단다. 보통 일하는 사람들이 항상 가지고 다니는 가방조차 들지 않았던 점이 기억에 남았다.

'공식적으로만 비영리 법인이고, 사실은 조폭의 사무실을 차릴 생각인 게 틀림없다'는 것이 그녀의 첫인상이었다. 그녀뿐만이 아니었다. 그녀를 현수성에게 소개한 지인조차 현수성의 꿍꿍이가 따로 있다고 확신하고 있었다. 예전에 경찰이었던 그 남자는 이 비영리 법인 얘기가 돈을 위한 것이 아님을 알게 되자 현수성을 떠나갔다.

겨우 적절한 사무실을 찾아낸 나가이가 현수성을 소개했지만, 그를 만나 본 관리 회사가 바로 거절했다고 한다. 역시나 그는 이해받기 어려운 인상이었던 것이다.

그러나 몇 번이고 현수성과 만나서 이야기를 나누는 동안, 나가이는 그가 하고 싶은 게 무엇인지 이해할 수 있었다고 한다. 나쁜 사람이 아니라는 느낌이 들었단다.

'이 사람이 하려는 일은 나와도 겹치는 구석이 있지 않은가.'

30대 여성인 나가이는 대학 시절부터 가부키쵸라는 거리의 매력에 끌렸었다. 술집에서 아르바이트를 하자 다양한 사람을 만날 수 있었다. 주택가에서는 결코 만날 일 없을 사람과도 접해 보고, 평생 볼 일 없을 듯한 사건도 목격했다. 그녀는 그것이 진심으로 즐거웠다. 한밤중의 술집에는 알몸의 취객이나 하이힐을 신은 게이도 들어온다. 확고한 상하 관계 때문에 늘어서지 않고 줄줄이 맞춰 들어오는 조폭들도 있었다. 나가이는 이 수상한 거리를, 하나의 색깔로 통일되지 않는 온갖 사람들을 사랑했다. 이 거리 특유의 냄새가 맘에 든다고 했다.

불경기 시절에 졸업생이 된 나가이는 전문학교에 다니면서도 가부키쵸에서 아르바이트하는 것을 그만두지 않았다. 그러다 공인 중개사 자격을 땄고, 그대로 이 거리에 취직했다.

그녀가 취급하는 물건은 이 화려한 거리의 사람들이 마음 놓고 잘 수 있는 장소다. 그녀는 가부키쵸란 마치 해변가 같은 곳이라고 묘사했다. 가부키쵸의 주민들의 실제 모습이 그녀의 가게에서 드러난다. 무대 뒤편처럼.

"방을 찾으러 오는 사람들이오? 반 정도는 외국인이고 나머지는 윤락업 관계자예요. 호스티스나 호스트죠. 이러한 환경 때문에 방을 구하기 어려운 사람들이 주 고객입니다.

다른 부동산에서는 방을 소개해 주지 않기 때문에 한 가닥 희망을 갖고 여기로 오는 거예요. 하지만 보증인도 없고 일정한 직업도 없으니 어렵죠. 어떻게든 해주겠다고 사방팔방 뒤져서 집을 찾아 준 후에 듣는 감사는 다른 부동산에서 듣는 것과는 달라요. 무게가 있고 진심이 담겨 있죠. 감사의 말은 언제 어디서 들어도 기쁘겠지만, 여기 일로 듣게 될 때는 몇 배는 더 기쁘더라고요."

이 이야기는 가부키쵸에서 매물을 찾는 것이 어렵다는 사실을 바탕에 깔고 있다. 결국 일이 잘 안 풀려서 기분이 가라앉는 적도 있다고 한다. 그렇기 때문에 성공할 때 더욱 기쁘다.

"요전에는 중국 사람이 왔어요. 일반적으로는 도저히 방을 구할 수 없는 조건이었죠. 돈도 보증인도 없다고 하고, 체류 허가증도 수상했어요. 그래도 어떻게든 해서 방을 구해 주니까 고맙다고, 고맙다고 서투른 일본말로 계속 감사하더라고요. 어려울수록 재미있는 거예요. 결국 야반도주하는 사람도 많지만요."

현수성이 하고 있는 일도 마찬가지일까? 어려운 상담을 어떻게든 해결해 낼 때의 기쁨이 소중한 것일까.

"그럴 거예요. 아무도 도와주지 않는 사람들이 현 소장님에게 오는 거잖아요. 그걸 도와줄 수 있다면 엄청나게 기쁠 겁니다. 그 기쁨 자체가 충분히 대가가 되는 거죠. 그 외에 다른 것은 다 필요 없다는 마음, 알 수 있어요.

이 거리에는 계속 새로운 사람들이 들어왔다가 나가요. 그 찰나의 만남이 적성에 맞는 게 아닐까요. 사람들이 정말 심하게 들락날락하거든요. 제가 방을 소개해 준 사람들도 일 년 반 머물면 오래 있는 축이니까요. 야반도주하는 사람이 너무 많아서, 그럴 것 같은 사람이 오면 일단 얘기해 놓죠. 집세 달라고 안 할 테니까, 도망갈 때 살짝 연락해 달라고요. 뒤처리는 해야 하잖아요."

이 사람도 배짱이 두둑하다. 다양한 인간의 전시장인 가부키쵸가 너그러운 마음을 낳는 것일지도 모른다. 그녀는 이 거리의 사람들에 흥미를 느끼는 한편으로 그들의 소원을 들어주려 애쓰고 있었다. 부동산 중개업이라는 일 이상의 어떤 보람이 있는 모양이다. 자청해서 가부키쵸로 온 사람이니 현수성과 뭔가 통하는 부분이 있었으리라.

"그래서 저도 현 소장님에게 소개할 집을 찾으려고 굉장히 여러 곳을 돌아다녔어요. 결국 가부키쵸 파출소 앞의 사무실을 찾아냈지요. 벽이나 마루가 벗겨진 채라 상태가 좋진 않았지만, 현 소장님은 괜찮다고 하더라고요."

그러나 숙제가 남아 있었다.

"현 소장님으로부터 몇 번이나 이야기를 들으면서, 왜 비영리 법인을 하겠다는 건지에 대해서는 이해했어요. 하지만 당시 그분은 사업을 전부 처분한 상태였거든요. 자원봉사로 꾸려 나가겠다길래, 집세는 어떻게 내시려고요? 하고 물었죠."

그럼 건물주는 왜 현수성과 계약한 것일까.

나가이는 붙임성 있는 눈동자를 데굴거리더니 재밌다는 듯 웃었다.

"작전이었어요, 작전. 현 소장님이 계약하던 날 방송국 보도 스태프를 불렀더라고요. 그런 얘기 금시초문이었기 때문에 모두 명청히 서 있었어요. '취재 요청이 와서 말이야. 상관없잖아? 찍게 놔둬.' 이러는 거예요. 카메라가 찍고 있는데 거기다 대고 계약 못 하겠다고 말하긴 어렵잖아요. 갈팡질팡하는 새에 계약이 끝나 버렸어요."

참으로 그다운 방식이다.

그녀는 집세에 대한 후일담도 알고 있었다.

"역시 집세 내기가 어려운 모양이었어요. 현 소장님이 술집에서 아르바이트 한다고 하시더라고요."

그 수전노 현수성이 돈벌이 대신 선술집에서 아르바이트 한다는 것을 알면, 잘 나가던 옛 시절을 아는 사람들은 얼마나 놀랄까. 그리고 자금난은 7년이나 지난 지금도 계속되고 있다.

조폭으로밖에 보이지 않는 현수성 같은 사람이 남을 돕는 봉사 활동을 하겠다고 말했을 때 위화감은 없었을까. 그렇게 묻자 나가이가 대답했다.

"만약 이곳에 선교사 같은 사람이 와서 올바른 삶을 선도하겠다는 표정으로 봉사 활동을 시작하면 어떻게 될까요? 사방에서 무서운 사람들이 와서 순식간에 모든 걸 부숴 버릴 겁니다."

그녀는 뭔가를 으깨는 것처럼 카운터에 손바닥을 대고 꾸욱 눌렀다.

"가부키쵸가 그래요. 악으로 악에 대항하는 수밖에 없는 것 같아요. 요전에는 뒷골목 사회를 취재하던 저널리스트가 죽었어요."

그런 얘기라면 가끔 듣는다. 누군가에게 살해당한 것이다. 평범하게 생활하고 있으면 가부키쵸도 다른 마을처럼 안전하다. 스스로 위험한 사회에 뛰어들지 않는 한 변사체로 발견될 일은 없다. 그렇다고 어둠이 없는 것은 아니다. 오히려 옷 안쪽의 안감처럼 찰싹 달라붙어 있다.

그녀는, 현수성이 자신을 지키기 위해서는 악한임을 강조하는 편이 효과적이었을 거라고 말했다. 나는 악과 선이 한 사람의 내면에서 양립할 수 있는 것인가 의문을 품었지만, 나가이의 말에 따르면 사람을 지키기 위해 악한이 되어야만 했다는 것이다.

"현 소장님은 정말 머리가 좋은 사람이에요. 인부 파견업을 했었다, 조폭과도 싸웠다, 그러다가 병을 계기로 자원봉사를 시작했다면서 악랄했던 자기 과거를 죄다 공개해 버렸잖아요? 그러니 조폭들도 협박할 약점을 찾을 수가 없는 거예요. 이 거리에서 사람을 구하기 위해선 악해지는 수밖에 없다고 생각합니다."

굳이 자신의 과거 행적을 내세운 것은 그런 계산이 있었기 때문이 아니겠는가. 그것이 나가이의 생각이었다.

나는 혼란스러웠다. 만일 현수성의 말이 사실이라면, 그는 평생 동안 줄곧 남을 등쳐 먹으며 살았다는 얘기가 된다. 그러나 나가이나 아사이 등 다른 사람들의 이야기를 들어 보면 그는 나에게 침묵함으로써 오명을 뒤집어쓰려는 것처럼 느껴진다. 더러운 부분만을 보여 주면서 '이것이 나다. 쓸 테면 써라'고 말하는 것이다. 사람에 따라 변장하는 거라고 말했지만, 주위 사람들이 모조리 속고 있다고 생각하기는 힘들다. 그는 훨씬 옛날부터 구호센터의 현수성이었던 게 아닐까. 그런데 왜 지금까지 드러나지 않았던 죄상마저 끌어대며 자신이 악당이었다고 주장하는 것일까.

'공포지. 겁을 줘서 사람을 조종하는 거야.'

문득 그가 한 말이 떠올랐다. 그러나 현수성은 이미 그런 식으로 자신을 지킬 필요가 없다.

그렇다면 상담자들이 공포를 통해 보호받고 있는 걸까?

왜 그렇게까지 남을 지켜 주려 하는 것인가.

상담자들은 모두 오자마자 금방 떠나간다. 구호센터를 그저 통과하는 사람들뿐이다.

"나가이 씨는 현 소장님이 무서운가요?"

"안 무서워요. 무척 다정한 분이세요. 아는 사람이 하나도 없는 회식에 불려 가면, 꼭 챙겨서 자리를 마련해 주곤 해요. 정말 사람을 잘 배려하시죠. 게다가 아주 예전에 남자 친구 일로 고민했던 걸 다 기억하고 계시더라고요. '남친 어떻게 됐어?'라면서. 매일 엄청나게 많은 상담거리를 듣고 계실 텐데, 제 일까지 기억하다니 놀랐어요. 무섭지 않습니다. 좋은 사람이에요. 바다처럼 넓은 사람입니다."

두 번째 환생

　2000년 가을, 현수성 44세. 한 통의 봉투가 그에게 도착했다. 카메아리에 있는 일본 적십자 병원에서 온 것이었다. 일 년에 한 번 있는 헌혈 검사 통지서다. 무심코 봉투를 열어 대충 훑어보자, 문장 하나가 눈 속에 꽂혔다.

　'HTLV-1 항체 검사 결과 양성으로 판정되었습니다'

　HTLV라는 알파벳을 본 순간, 그는 HIV(면역 결핍 바이러스), 즉 에이즈에 감염된 것이라고 생각해 버렸다.

　'내가 에이즈라고!'

　1981년, 몇 명의 미국 의사가 처음으로 발견한 에이즈는 몇 년 사이 폭발적으로 온 세계에 퍼져 나갔다. 일본도 예외가 아니었다. 지금은 발병을 억제하는 약도 개발되었지만, 당시에는 반드시 사망하는 불치병의 이미지가 강했다.

　에이즈로 죽을지도 모른다고 생각한 순간, 고통과 비슷한 격렬한 분노가 몸속에서 치솟았다.

'어째서 내가!'

착하고 바르게 살아오진 않았다. 자업자득일지도 모른다. 하지만 운명의 장난으로, 누구에게도 환영받지 못하고 태어나 수단과 방법을 가리지 않고 밑바닥에서 여기까지 기어올라 왔다. 세상 대부분의 사람들이 태어날 때부터 당연히 누릴 수 있는 다양한 것들을, 현수성은 혼자서 싸워 획득해야만 했다. 손을 더럽히는 일도 서슴지 않았다. 전부 살아남기 위해서 한 것이다. 운명이 그러길 요구한다면, 똥물을 마시면서라도 살아가려 했다.

'그런데, 그 보답이 이건가. 죽을 고생해서 겨우 돈 좀 만져 보게 됐다고 생각했는데, 이런 젊은 나이에 죽는 거냐고!'

그러나 금방 생각이 바뀌었다고 한다.

'나 혼자 지옥에 떨어지는 건 수지가 안 맞는다. 그래, 그놈들을 길동무로 데려가자.'

그렇게 생각한 순간 머릿속이 차갑게 식었다. 현수성의 증오는 뜨겁지 않다. 오히려 차갑다. 그는 살인 계획을 세우기 시작했다. 언제나 그랬다. 너무나 냉정하게, 어차피 죽을 거라면 죽기 전에 남겨진 일을 처리해야겠다는 느낌이었다.

목표로 점찍은 상대는 간토 지방에 세 명, 간사이 지방에 두 명 있었다. 한 명 죽이고서 잡혀선 목표를 완수할 수가 없다. 철저히 준비해야 한다. 적어도 이틀이나 사흘 내에 전원을 연속으로 살해하지 못하면 잡히고 만다. 완전 범죄를 노려야 했다. 목의 경동맥에 상처를 입히면 핏자국이 너무 심하게 남기 때문에 현실적이지 않다. 화장실에 숨어 있다가 얼굴이 안 보이도록 뒤에서 덮친다. 옆구리 아래에 부엌칼을 찌른다. 그래도 핏자국은 남을 테니 일회용 비옷을 준비해야겠다. 지도를 보고 이동 수단을 골랐다. 범죄를 실행하기 위한 최단 거리를 찾는다. 먼저 간토, 그리고 간사이.

그런데 계획을 실행에 옮기려 한 순간, 문제가 생겼다. 아무리 뒤져도 마지막 한 사람이 있는 곳을 알 수 없었던 것이다.

운명은 때때로 장난을 친다. 있는 장소를 알 것 같은 사람에게 은근히 캐물었지만 알아낼 수가 없었다. 그놈을 발견할 수 없으면 완전 범죄도 성립될 수 없다.

"하지만 그중 어느 놈도, 설마하니 내가 이런 계획을 꾸미고 있었다곤 꿈에도 생각 못 했을걸. 난 좋고 싫은 감정을 얼굴에 드러내지 않거든. 죽이고 싶을 만큼 증오스러운 상대도 멀쩡히 만나고, 싫은 내색 하나 안 하고 웃는 것 따윈 누워서 떡 먹기야. 그때 내가 목숨을 노렸다는 건 그 누구도 상상치 못했을 거야."

수단과 방법을 다해 조사했지만, 그 남자를 발견하는 건 불가능했다. 역사에 가정이란 없지만, 만일 이 때 현수성이 상대의 행적을 알아냈다면 그 다섯 명은 이 세상에 없었을 것이다.

그러다 사흘 후에 다시 혈액 검사 통지서를 들여다본 현수성은 자신이 HTLV1과 HIV를 헷갈렸다는 걸 깨달았다.

'뭐야, 이건 또.'

인터넷으로 검색해 보니 설명이 나왔다.

레트로 바이러스라고도 불리는 HTLV1는 혈액암인 급성 백혈병을 일으킬 가능성이 있는 바이러스다. 타액, 혈액, 정액 등을 통한 2차 감염은 거의 확인된 바 없다. 가장 일반적인 감염 루트는 수유로 인한 모자 감염. 약 40년 정도 되는 잠복 기간이 끝나면 바이러스가 나타난다. HTLV1 감염자 중 발병하는 확률은 천 명 중 하나. 구백구십 명은 살아남는다. 그러니 실제로 죽을 가능성은 낮다.

그러나 시시각각 연구의 성과가 나타나고 있는 HIV와 달리, 이 바이러스는 발병 원인, 치료법, 예방법 어느 것 하나 밝혀진 바가 없었다. 언제 발병할 지도 알 수 없다. 시한폭탄을 몸속에 껴안고 있는 셈이다. HIV라면 신약 개발을 기대해 볼 수도 있겠지만, HLTV1의 치료법이 단기간에 발견될 거라고는 생각하기 어려웠다.

그 바이러스가 체내에 있다. 정말 불쾌한 기분이었다. 어찌해도 지울 수 없는 불길함이 체내에서 소용돌이쳤다. 언제 죽을 것인가. 내일인가, 일주일 뒤인가.

어쨌든 이게 어떤 병인지 의사에게 터놓고 물어봐야겠다고 생각했다. 적십자사에 연락하자 예약이 사흘 뒤로 잡혔다.

혈액 검사 통지서를 받은 후 병원에 가기까지 며칠 동안, 온갖 생각이 그를 휩쓸었다.

그 유예 기간이 마음속에 폭풍우를 일으켰다. 격렬한 혼란 속에서 갖가지 상념이 떠올랐다. 지금은 죽지 않는다. 하지만 발병하면 확실하게 죽는다. 허무했다. 이제까지 살아온 인생은 도대체 뭐였단 말인가. 분노로 가득 찬 비난의 화살은 자신에게 바이러스를 감염시켰을 가능성이 가장 높은 인간, 어머니에게로 향했다.

'도대체 어디까지 날 괴롭힐 셈인가!'

두 번, 세 번이나 자신을 버렸다. 그도 모자라 현수성의 몸속에 지울 수 없는 죽음의 그림자까지 남겼다. 그러나 그녀를 비난하는 손가락은 그대로 자신을 가리켰다.

"내게는 가족도, 자식도 있었어. 하지만 죽는 줄 알았을 때, 가족과 함께 여생을 보내고 싶다거나 아이의 얼굴을 한 번 보고 싶다는 생각은 떠오르지도 않았지. 냉혈한이라고, 괴물이라고 불리면서 살아왔어. 그러다 최후의 순간에 남은 게, 갖고 가지도 못할 돈을 긁어모으는 회사랑 사람을 죽이고 싶다는 증오였던 거지. 필사적으로 살아온 것치고는 정말 쓸모없는 거더군."

통지서를 받은 후 사흘 동안 머릿속을 점령하고 있던 생각이 그저 살인 계획뿐이었던 것이다. 그것을 깨달은 현수성은 아연실색했다.

"아마 괴리감 때문일 거야. 죽을힘을 다해서 재산을 긁어모으면서, 나 나름대로 내 목숨을 후회 없이 사용하고 있다고 생각했어. 그런데 죽기 전에 남겨진 소중한 시간을 살인에 사용하려 했던 거지. 그 사실을 깨닫고 퍼뜩 정신이 들었을 때의 기분. 그게 너무나 충격적이었어.

이런 건가. 내 인생이 고작 이런 건가 싶었지. 내가 태어난 의미는 뭔가. 결국 그 괴리감이 날 여기까지 끌고 온 셈이야."

어릴 때는 굶주리고 가축처럼 휘둘렸다. 어른이 된 뒤 수전노처럼 돈에 집착했고, 남들에게 냉혈한이라 욕을 먹었다. 그러다 마지막에는 살인자인가.

결국 나는 무엇을 위해서 태어났다가 죽는 것인가.

현수성은 그 답을 알 수 없었다.

그러나 주변 사람 중 현수성의 격렬한 내적 고민을 알아챈 이는 아무도 없었다.

"약한 모습을 드러내는 건 잘 못해. 남한테 말해 봤자 병이 낫는 것도 아니고, 얘기할 이유도 없었어. 다른 사람들이 병에 대해서 알게 된 것은 매스컴이 구호센터 개장을 보도한 뒤일걸."

그 뒤 적십자사의 진찰을 받았지만 기쁜 소식은 아무것도 없었다. 현재로선 치료할 수단이 없지만 심각하게 생각할 필요는 없다는, 예상했던 답변이었다.

예전에도 조폭에게 몇 번이나 살해당할 뻔했지만, 외부에서 오는 공포엔 꿈쩍도 하지 않았다. 그런 현수성을 위협한 것은 정체를 알 수 없는 내부의 바이러스였다.

일찍이 현수성은 돈벌이에 성공한 사람들의 뒷이야기를 알고 싶어 했다. 실제로 재계, 실업계, 정치계, 연예계, 스포츠 선수, 종교계 등 온갖 세계의 일인자들을 접했다.

그러나 돈을 움켜쥘수록 새로운 욕망과 공포와 갈망이 기다리고 있을 뿐이었다.

"완전히 질려 버렸어. 돈에 매달려도 별 거 없구나, 그런 생각이 들었지. 이제까지 적당히 돈을 벌어 왔다면 그리 간단히 포기하진 않았을 거야. 여자 경험이 적었다면 그쪽에 집착했을지도 몰라. 하지만 둘 다 극단까지 가봤기 때문에, 돈도 여자도 다 싫증이 난 거지. 그럼 뭘 하면 좋을까? 그 생각만 했어.

니시나리, 히에이잔, 고베, 아카사카. 당신이 이제까지 돌아본 그 어느 장소도 내 검정색을 이루는 한 줄기에 지나지 않아. 과거 경험 몇 개를 꿰어서 내 동기를 설명하려고 하는 건 완전히 잘못된 거라고.

당신들은 항상 알기 쉽게 설명되길 원하지.

아아, 사카이 대사를 만나서 개심했군요? 아카사카에서 남을 돕던 게 계기가 되었군요? 이런 식으로 금방 결론을 갖다 붙이려 해.

다 틀렸어.

그런 경험 하나로 바뀔 만한 게 아냐.

하지만 그래 가지곤 다들 이해를 못 하는 거지.

뭐든 간에 이유를 붙여 놓고 안심하려 해. 이해할 수 없는 존재는 두려우니까. 자기 머릿속 크기만큼밖에 이해하려 하지 않아. 결국 그런 거야.

그럼 왜 구호센터를 시작했느냐고? 부모가 몇 번이나 바뀌는 환경, 돈을 긁어모은 경험, 조폭과 싸운 과거, 살아가기 위한 기술. 그 모든 게 뒤섞인 혼돈 속에서 바이러스 보유자라는 요소가 더해지자 갑자기 돌연변이가 태어났다, 그렇게밖엔 설명할 수가 없군.

충분한 설명이 못 되겠지만, 그게 진실이니까."

현수성은 작게 웃었다.

백혈병 바이러스를 발견한 뒤, 이제부터 어떻게 살아가야 할지 심사숙고하던 어느 날. 책방에 들어간 그는 '비영리 법인', '자원봉사'라는 글귀가 줄지어 있는 것을 보고 멈춰 섰다. 자원봉사라는 말이 묘하게 마음에 걸렸다.

내면의 혼돈 속에서 어떤 돌파구가 떠오른 것이다.

'그렇다. 봉사를 하자. 남은 목숨을 거기에 쏟아붓자.'

고등학생일 때 니시나리의 지붕에 은빛 손목시계를 던진 이후, 한 번 죽어 버렸던 '착한 사람'으로서의 현수성이 되살아났다. 기나긴 세월을 거친 여행 끝에 다시 한 번 자신에게로 되돌아오는 순간이었다.

아니다. 아마도 많은 사람들이 증언하듯이 현수성의 내면에 줄곧 그때의 그 아이가 잠들어 있었던 것이리라. 죽음과 대면한 순간 그가 표면에 드러났다.

지금까지의 인생에 의미를 부여하기 위해서라도, 과거의 경험을 살려 몸으로 남을 돕고 싶었다. 그러기 위해 자기가 제일 잘할 수 있을 것 같은 봉사 방식을 생각했다. 게이샤나 호스티스를 도와줬던 과거를 생각하면, 자신을 가장 필요로 하는 곳은 윤락가다. 호스티스, 창부, 동성애자, 외국인, 회사원 등 온갖 인간이 몰려드는 곳. 다양한 권력들이 복잡하게 얽혀 있는 혼돈의 중심. 자신의 내면처럼 혼돈스러운 동양 제일의 번화가, 불야성의 가부키쵸. 그러기로 결정한 이상 사업은 모두 방해물에 불과했다. 돈을 모으는 데 성공할 수 있었던 것은 모든 힘을 한곳에 집중시켰기 때문이다. 그러니 돈을 벌면서 여가 활동으로 봉사했다간 양쪽 다 망친다고 판단했다.

이제 와서 돈에 미련 따윈 없었다. 돈으로는 마음의 갈증을 충족시킬 수 없었다. 술도 여자도 사치도, 모두 다 아무런 의미도 갖지 못했다. 돈을 향한 집착과 이제까지 쌓아 온 인간관계, 그 모든 것을 버리는 대신 자신이 살았다는 증거를 남기고 싶었다. 그리고 정말로 저질러 버렸다.

"만일 내가 평소에도 죽고 싶다고 생각했던 부정적인 인간이었다면,

병 이야기를 들어도 이렇게 돌아서진 않았을 거야. 지금까지 필사적으로 자신을 먹여 살려 왔기 때문에 그리된 거지. 살겠다, 살아 주겠다, 끝까지 살아남겠다고 생각하면서 거대한 에너지를 쏟아 왔잖아. 지금까지 그렇게 살아왔기 때문에, 엄청난 살의의 에너지가 갑자기 봉사 활동으로 바뀌기도 하는 거야. 에너지를 쏟아붓는 방향이 바뀌었을 뿐이지. 선이나 악 같은 세상의 가치관은 아무 의미도 없어. 구호센터 전과 후, 내가 하는 일의 근원은 똑같아. 모든 힘과 지혜를 모아서 눈앞의 생명을 살린다. 사람을 살리는 일에 좋고 나쁘고가 어딨어. 어차피 나도 언젠가 죽어. 목숨을 던질 장소로서 딱 어울리는 곳을 찾아낸 셈이지."

사람이 이렇게나 180도 다르게 개심할 수 있을까? 대답은 Yes다. 단, 그 선택이 본질적으로 잠재되어 있는 것이었다면 말이다. 그에게는 자신의 삶을 희생해서 남을 살린다는 식의 자기희생 정신 따윈 없다. 탐욕의 끝을 본 그가 선택한 것은, 거꾸로 주는 것이었다. 나눠 줌으로써 자신을 살려 나간다. 그렇게 판단했던 것이다. 끝까지 올라간 자는 언젠가 내려가게 된다는 것이 그의 생각이었다. 아래에서 뒤쫓아 오는 자들은 정상에 있는 자를 반드시 떨어뜨리려 한다. 그것이 난폭한 세계 속에서 그가 얻은 교훈이었다.

그는 아마도 내려온 것이다. 끝없는 탐욕의 오르막에서 그저 내려온 것이다.

지킬 것이 없으면 뺏으러 오는 자도 없다.

누군가에게 왕좌를 빼앗기는 것을 기다리는 대신, 남을 도와주면서 내려간다. 그 방식을 새로운 삶의 모델로서 선택한 것이다. 바이러스는 평소 그가 생각했던 것을 실행시키기 위한 계기에 지나지 않았다.

2001년 10월 2일, 내각부에 비영리 법인 '일본 소셜 마이너리티 협회'를 신청했다. 경영하던 회사는 모두 양도하거나 정리했다. 2002년, 내각부에서 인정받았다. 같은 해 5월 23일, 신주쿠 가부키쵸에 '신주쿠 구호 센터'를 오픈했다. 365일 휴무, 24시간 체제로 상담을 받았다.

그리고 2002년 11월 늦은 밤. 현수성은 구호센터의 소파에서 무거운 빗소리를 들으며 얕은 잠에 빠져 있었다. 빗소리에 섞여서 뭔가가 들려 온다. 상가 빌딩의 어두운 계단을 뛰어오르는 소리였다.

'누가 오는군.'

그렇게 생각한 순간, 필리핀 여성 한 명이 속옷 차림으로 뛰어들었다. 시퍼렇게 멍든 얼굴에, 오른팔이 부자연스럽게 늘어져 있다. 아무래도 부러진 것 같다. 그녀의 이름은 휘오나.

"살려 줘요, 살려 주세요!"

그녀를 안쪽으로 숨기고 사무실 앞을 막아선 현수성은 지긋이 아래쪽의 암흑을 바라보았다. 아래층에서 피어오르는 습기 찬 냄새를 맡으며, 추격자가 오기를 기다리고 있었다.

사람을 구한다는 것

1

가부키쵸 카케코미데라는 언제나처럼 부드러운 공기에 감싸여 있었다.

오오쿠보 공원이 정면으로 들여다보이는 커다란 유리창에서 밝은 빛이 쏟아진다.

"저, 고바야시 씨. 왜 현 소장님이 남을 돕는다고 생각하세요?"

접수 스태프인 고바야시는 별 걸 다 묻는다는 표정을 지었다.

"글쎄? 즐거워서가 아닐까요?"

그러더니 웃는다.

"즐거워서요?"

"네."

그러더니 말을 이었다.

"난 살아 있었다는 증거를 남기고 싶다는 현 소장님의 마음을 이해할 수 있거든요. 그래서 저렇게 남을 돕는 거라고 생각해요. 그치, 야스코?"

젊은 여성 스태프인 야스코도 끄덕였다.

"응. 현 소장님은 항상 즐거워 보이니까."

하지만 그들의 말과는 달리, 여기 들어오는 고민의 내용들은 대개 심각하다. 조금이라도 손을 놓으면 상담자가 그대로 암흑 속에 떨어질 것 같은 아슬아슬한 긴장감이 느껴진다.

그러나 현수성이 사느냐 죽느냐의 갈림길에 선 인간을 구하는 현장에 뛰어든 지 팔 년이다.

어째서 그렇게까지 하며 사람을 구하는가. 알 듯하면서도 모를 듯했다.

구호센터의 다음 손님은 남자 아이를 데려온 삼십 대 여성이었다.

이름은 사토코. 남자 아이는 타카시, 초등학교 5학년이다.

그녀의 반생 역시 평온하지 않았다.

그녀의 남편은 도호쿠 지방에서 자영업을 한다. 상담자는 전업주부. 결혼 생활은 순조로웠다고 한다. 그러나 이윽고 위기가 닥쳤다. 불황의 직격탄을 받고 일이 없어진 나머지, 남편은 대낮부터 술을 마시게 되었다. 소심한 남편은 음주를 말리려는 아내에게 손찌검을 하기 시작했다.

작은 마을이니만큼, 자신이 맞고 산다는 소문이 순식간에 퍼질 터였다. 그녀는 아무에게도 말 못 한 채 그저 남편의 폭력에 견뎌야 했다.

밀실에서 발생한 폭력의 수위는 눈 깜짝할 사이에 올라갔다. 밤낮을 가리지 않고 그녀를 때렸다.

이혼을 생각하지 않은 것은 아니다. 그러나 아들이 중증 천식을 앓고 있는지라 그녀가 파트직으로 일하는 것도 어렵다. 게다가 시골에서 전업주부로 살아온 그녀에게 생활의 수단이 있을 리 없었다.

이윽고 남편은 술과 도박, 생활비 때문에 빚을 끌어다 쓰게 된다. 모르는 사이에 그녀의 이름도 연대 보증인으로 올라 있었다. 그런 얘기 금시초문이라는 말로는 빠져나갈 수 없었다. 채권 회수업자가 몇 명이나 찾아와서 협박했다. 그냥 돈을 빌린 거라고는 생각하기 어려울 정도로 남편과 우격다짐을 하고 있기에, 그녀는 두려움에 벌벌 떨었다.

그리고 어느 날. 장남이 초등학교에서 갑자기 없어졌다.

새벽녘에 돌아왔지만, 온몸이 상처투성이였다. 도대체 무슨 일이 있었는지 얘기하려고도 하지 않았다. 이유는 알 수 없었지만, 왠지 남편과 관계가 있는 것 같은 생각이 들었다. 남편은 경찰에게 신고하지 말자고 했다. 워낙 작은 마을이다 보니, 소문이 나서 아이가 상처받으면 어쩌나 하는 생각에 그녀는 더 이상 묻지 않았다.

아들에게 변화가 일어난 것은 그때부터였다.

벽에 머리를 찧거나, 학교 공작 시간에 원인 불명의 칼 상처를 입었다. 피를 철철 흘리는 아들의 모습을 본 그녀는 이해할 수 없어 당황할 뿐이었다.

원인을 찾다가 어떤 책을 발견했다. 장남의 그런 사고들이 심리적 외상 후 스트레스 장애로 추측된다는 내용이었다. 뭔가 커다란 트라우마를 받은 아이들은 자살을 하거나 사고가 잦아지는 경우가 많다는 것이다. 일설에 따르면 심리적인 상처가 자해 행위로 이어지는 까닭이라고 한다. 결국 당분간 병원에 다니며 정기적으로 정신과 치료를 받기로 했다.

그녀가 아이에게 신경 쓰고 있는 사이, 이번에는 남편이 엄청난 빚을 남긴 채 실종되어 버렸다. 정신 차리고 보니 정말 푼돈밖에 쥐고 있지 않았다. 아들은 집에 돈이 없다는 걸 눈치채고 밥 먹자는 소리를 안 하게 되었다.

"엄마, 나 오늘은 별로 배가 고프지 않아요."

이젠 죽는 수밖에 없다고 생각한 끝에 구호센터를 찾아온 것이다.

"우선 남편이랑 빚쟁이에게서 도망쳐."

현수성의 행동은 전광석화였다.

야스코네 집에 모자를 맡겨 놨다가, 다음 날 수도권의 어느 관공서로 보냈다. 피난용 기숙사에 입주시키기 위해서다. 거기서 장벽이 등장했다. 원칙적으로 남편과 이혼한 싱글맘이 아니면 기숙사에 들어올 수 없다는 것이었다. 그러나 사토코는 법적으로 아직 남편과 갈라서지 않은 상태였다. 그녀는 아연실색했다. 어떡하면 좋은가? 이미 자금이 다 떨어진 상태다. 하루라도 빨리 보호받지 못하면 굶어 죽고 말 것이다.

현수성에게 사정을 알리자 또다시 새로운 조언이 날아왔다.

'현수성의 구호센터에서 소개받은 변호사랑 이혼 소송 중이라고 말해.'

그러자 관공서 직원도 납득하며 끄덕였다.

"아아, 현 소장님 말씀이시군요."

되도록 빨리 심사를 끝내겠다는 약속도 받아 냈다.

그리고 이번에 겨우 기숙사 입주가 결정되었던 것이다.

"호적상 부부라서 입주 못 한다곤 하지만, 실종한 남편과 이혼하려면 앞으로 얼마나 오래 걸리겠어? 지금 당장 천 엔밖에 없다는데. 손 맞잡고 앉아 있으면 최악의 경우 굶어 죽을 수도 있어. 그렇게 오래 못 기다려. 가부키쵸 카케코미데라의 내가 보증을 서면 되는 거야. 행정 기관 사람들은 아무리 도와주고 싶어도 서류상 조건이 갖춰지지 않으면 못 도와줘. 그러니까 내가 조건을 맞춰 준 것뿐이야."

"하지만 이혼 소송 중이라뇨……."

"순서가 바뀐 거지, 거짓말은 아니잖아."

그렇게 말한 현수성은 코웃음을 쳤다.

주거 문제는 끝났다. 그러나 그걸로 모든 것이 해결된 것은 아니었다.

이날, 사토코는 현수성에게 감사의 인사만을 드리러 온 것은 아니었다. 해결 못 한 문제가 하나 더 있었던 것이다.

그녀는 아들 타카시를 설득하지 못하고 있었다.

아버지는 분명 술을 마시고 주정을 부렸지만, 타카시에게는 다정했다. 지금도 가끔씩 나타나서 타카시가 원하는 걸 뭐든지 사주었다. 타카시 기억 속의 아버지는 부자였다. 그런데 왜 기숙사 같은 곳으로 이사해야 돼? 왜 태어나고 자란 도호쿠 지방에서 여기까지 도망쳐 와야 되는 거지?

제일 견디기 힘든 것은 고향의 친구들과 연락처도 사정도 나누지 못하고 헤어져야 한다는 점이었다. 초등학생인 타카시의 세계는 전부 친구로 이루어져 있었다. 이름도 바꾸고 아는 사람이 아무도 없는 곳에 내던져져야만 한다니, 우주 공간 속으로 이주하는 것처럼 느껴졌다.

타카시는 어머니에게 반발했다. 하루는 야스코네에서 없어지기도 했다. 깜짝 놀라 찾아다녔더니 지하철 구석진 데에 가방을 메고 묵묵히 앉아 있었다고 한다.

결국 사토코는 아들을 데리고 현수성에게로 찾아왔다. 타카시를 현수성이 설득해 줬으면 좋겠다고 했다.

타카시를 앞에 앉힌 현수성이 입을 열었다.

"타카시. 짧으면 반년이고, 길어 봤자 일 년이야. 일자리를 잡아서 생활이 안정되고 독립하게 되면 친구들도 다시 만날 수 있어. 뭐든지 할 수 있다고. 하지만 지금 너희 집이 알려졌다간 일자리도 못 찾고 또 도망다녀야 돼. 기회는 한 번밖에 없어. 지금은 좀 참아. 멋지게 해내면 금방 옛날 생활로 돌아갈 수 있어."

현수성의 말투는 어른을 대할 때와 변함이 없었다. 상대가 조폭이건 폭력 남편이건 여자건 남자건 항상 똑같다.

"네가 어머니를 지켜야 해. 공부도 열심히 해야지. 난 네가 잘할 수 있을 거라 믿으니까 기숙사를 소개시켜준 거야. 이다음에 기숙사에 들어가고 싶어 하는 사람들을 위해서도 먼저 간 너희들이 잘해야 돼. 알겠어?"

타카시는 고개를 끄덕였다.

"약속이야. 남자 대 남자의 약속."

타카시의 얼굴이 소년이 아닌 남자가 된 것처럼 보였다.

현수성이 타카시를 설득하는 모습을 본 사토코는 눈을 붉게 물들이며 울고 있었다. 나를 바라보더니 이렇게 말한다.

"현 소장님께서 우릴 살려 주신 거예요. 생명의 은인이에요."

그녀는 가느다란 두 손을 모았다. 그 모습을 본 나도 그만 울고 말았다.

내 쪽을 돌아본 현수성이 엷게 웃었다.

180도로 인생을 전환한 사람이 고통 없이 멋지게 살아갈 수 있을 리가 없다는 것을 깨달은 것은 그 후의 일이었다. 집에서 받은 갑작스러운 핸드폰 문자가 그 계기였다.

'아들이 집에서 뛰쳐나가더니 돌아오지 않아요. 얘기 좀 할 수 있을까요? 도와주세요.'

'이제 한계예요. 현 소장님께도 문자를 보냈는데 답변이 오질 않아요. 어쩜 좋죠?'

사토코였다. 기숙사로 들어가고 며칠 후의 일이었다. 완전히 해피 엔딩이라고 생각한 나는 그 일을 잊고 있었다. 하지만 당연하게도, 인생은 계속되고 있었던 것이다.

아들의 맹렬한 반항으로 인해 궁지에 몰린 사토코는 기댈 사람을 찾고 있었다. 어찌 보면 당연한 일이다. 어느 날 갑자기 생판 모르는 곳에 떨어져서 주소와 이름도 바꾸고 취직 활동을 시작했다. 아이는 아이대로 새로운 학교에 떨어졌다. 모든 것이 리셋되었다. 과거가 맹렬한 기세로 그녀를 끌어당기고 있었다. 그렇게 지독한 일을 겪었는데도 돌아가고 싶다. 폭력의 공포에 떨긴 했지만, 그곳에서 고독하진 않았다.

나는 순간 냉정함을 잃었다. 이러지도 저러지도 못하는 그녀를 위해서 내가 무엇을 할 수 있을까. 구호센터로 간 나는 상담실에 가서 도움을 요청했다.

"어떻게 하면 좋죠?"

현수성은 지긋이 나를 바라보았다.

"잠시 내버려 둬."

그러더니 잠자코 돌아앉는다.

"하지만, 굉장히 난처하신 것 같던데요."

"그럼 도와주러 가던가."

온기가 느껴지지 않는 목소리였다.

"……아마 전 효과적으로 도와주지 못할 것 같아서요."

현수성은 돌아앉았다. 한심하다는 눈빛으로 나를 보더니 입을 열었다.

"료코. 말했지? 감정에 치우치지 말라고. 저번에 운 건 뭐야? 왜 울었어?"

"모르겠어요."

이유를 깨닫는 것보다 눈물이 더 빨랐었다. 왜 울었는지는 알지 못한다.

"상담자랑 같은 함정에 들어가면 안 돼. 같이 빠져 줄 생각이야?"

"……아뇨……."

"빠질 거면 계속 같이 빠져 주던가. 동정할 거면 끝까지 동정하고."

당장 도망치고픈 기분이 들었다. 그러나 도대체 어디서, 무엇으로부터 도망치고 싶은 건가?

나는 지금까지 아무 힘도 없는 인간이었다. 과거의 실패 때문에 한 발도 나아가지 못한 채, 어떡해야 나 자신과 눈앞의 사람을 구할 수 있는지도 알지 못한다. 단 한 통의 문자에 답장하는 것조차 겁이 난다. 그로 인해 뭔가 중대한 실수를 저지르는 게 아닐까 싶어 발이 떨어지질 않는다.

"현 소장님……. 사람을 구한다는 건 뭘까요?"

현수성에게 몇 번 물었는지 모를 말을 다시 꺼낸다. 현수성은 언제나 그랬듯이 야스코를 불렀다.

"이봐! 커피 갖다 줘. 맛있는 걸로."

"네에—."

문 너머에서 대답이 들려왔다.

"가르쳐 줄까?"

"네."

나는 현수성의 정면에 앉았다.

"사람을 구한다는 건 그 사람을 짊어지는 게 아냐."

"……."

"다른 사람들의 구조 방식도 그래. 불쌍하다면서 밥 먹여 주고, 이불을 주지. 그건 그것대로 소중한 행위니까 부정할 생각은 없어.

하지만, 밥을 먹여 줄 거라면 계속 밥을 먹여 줘야 돼. 카운슬러, 봉사 조직, 종교까지 전부 똑같아. 자기네한테 의존하게 만들지. 질 나쁜 놈들은 의존시키면서 자기 삶의 의미마저 찾으려 해. 결국 자기네도 상담자의 약한 마음에 의존하는 거야.

그래 가지곤 아무것도 안 되잖아? A에 의존하다가 B에 의존하는 걸로 바뀌었을 뿐이야. 의존하고 있다는 본질은 그대로지. 그래서 되겠느냐는 거야.

계단 첫 단을 올라가고 싶은데 못 올라가서 괴로워하는 사람. 난 그저 그런 사람들을 한 단 끌어올려 줄 뿐이야. 그게 끝났으면 자, 됐으니 돌아가자. 이거라고.

사람은 누구든 뭔가를 잃어버려도 살아갈 수 있어. 높은 곳에 올라가면 균형을 잃는 게 당연하지. 그러다 깨닫게 되는 거야. 버팀목 없이도 혼자서 설 수 있다는 걸."

혼자서. 의존 없이. 선다.

"일도 좋아하는 남자도 가정도, 그런 거 전부 버려도 잘 살 수 있어. 훨씬 더 자유롭게 살 수 있지. 그걸 깨닫게 해주는 것뿐이야."

머릿속에서 뭔가가 빠르게 풀리기 시작한다.

"지금 사토코 씨도 인내해야 하는 시기야. 지금까지 의지하던 게 갑자기 없어졌으니, 뭔가 다른 걸 잡고 싶어서 어쩔 줄을 모르는 거야. 하지만 혼자서 서는 법을 익혀야지."

"가능한가요?"

"당연하지. 아이가 있는 어머니잖아. 내가 상담자를 믿어 주지 않으면 누가 믿겠어?"

혼자서 서는 법을 가르쳐 주는 것이 진정한 구원이라면, 구원받는 쪽은 뭘 해야 할까.

"각오지. 절대로 뒷걸음질 치지 않겠다는 각오. 절대로 돌아보면 안 돼. 세 걸음 전진했다가 세 걸음 후퇴할 바엔 딱 한 걸음 나아가는 편이 좋아. 물러서지 않는 일보 전진. 그거야."

그러더니 나를 간파한 것처럼 덧붙였다.

"생사의 갈림길에 선 사람들이 여기에 오는 거야. 옛날 일에 사로잡혀 있다간 지금 눈앞에 있는 사람을 구할 수가 없어. 후회나 죄책감 따윈 소용없어. 그런 것 때문에 뒤돌아보면 목전의 인간이 빠져 죽어 버리니까."

현수성은 내가 죄책감이나 후회라는 단어에 집착하는 것을 눈치채고 있었던 것이다. 그는 과거에 사로잡히지 않는다. 상담자를 짊어지지도 않는다. 자기희생도 아니다. 굳이 표현한다면, 비책 주머니를 안겨 주고 떠나보낸다. 그러고 보니 현수성의 말은 언제나 단순했다. 사람은 자기 몸뚱이 하나만 있으면 어떻게든 살아갈 수 있다고. 온갖 말들을 되짚어 가다 보면 결국 그 한마디가 나온다.

그 후 사토코의 연락은 뚝 끊겼다. 그녀와 아이들의 잔영이 언제까지나 머릿속에서 떨어지질 않았다.

2

그로부터 두 달 뒤, 구호센터의 점심시간이었다. 누군가가 내 이름을 부르기에 뒤돌아보았다.

"료코 씨."

목소리의 주인은 사토코였다. 그녀의 일이 항상 마음 한구석에 걸렸지만, 현수성의 말대로 이쪽에서 연락을 취하지는 않았다.

그녀는 뭔가 떨쳐 버린 듯 시원한 얼굴이었다. 전보다 훨씬 차분하다. 더 예뻐진 것처럼 보였다.

"사토코 씨, 정말 오랜만이네요. 달라져서 못 알아봤어요."

그렇게 말하자 미소 짓는다. 두 달 전에는 비쩍 마른 채 울고 있는 등 초췌한 모습이었다.

"현 소장님 덕에 겨우 새로운 생활에 익숙해졌어요. 처음에는 아이가 기숙사를 뛰쳐나가기도 하고 애를 먹었지만, 요새는 겨우 진정됐습니다."

타카시는 학교에 잘 익숙해지지도 못하고 밤에 곧잘 천식을 일으켰지만, 오늘은 잘 등교했다고 한다.

하지만 말로 설명하지 않아도 그녀의 모습을 보면 알 수 있었다. 표정부터가 딴사람이 된 것처럼 밝았다. 사람이 이렇게까지 뚜렷하게 달라질 수 있다니.

"현 소장님이 그 뒤에 몇 번 연락하셨어요. 아이와 같이 밥 먹으러 가자고요. 때때로 잘 지내느냐고 문자도 주시고……."

나는 현수성을 쳐다보았다. 여기서 봉사했던 아사이의 말이 사실이었던 모양이다. 나한테는 그렇게 말한 주제에 적당한 때를 봐가며 몰래 상담자를 보살피고 있었던 것이다. 아무에게도 알리지 않고 상담자를 밑에서 떠받치고 있다. 내가 모르던 현수성의 일면을 본 듯한 기분이 들었다.

현수성은 이쪽 얘기 따위 전혀 눈치채지 못하는 모양이었다. 다른 테이블에서 금발로 염색한 중학생 일당과 뭔가 진지하게 이야기를 나누고 있었다. 폭주족과 생긴 문제 때문에 상담하러 온 아이들이었다. 현수성은 폭주족의 시비를 피하는 방법을 열성적으로 설명하고 있었다.

자기를 모델로 만든 만화책을 중학생들에게 나눠 주는 현수성을 향해 고바야시가 미소 지었다.

사토코는 나를 다시 바라보았다.

"우리 아들은 현 소장님과 아는 사이인 게 자랑거리랍니다. 현 소장님과 같이 밥 먹고 만화책도 받았다고 즐겁게 얘기하더군요."

"정말 잘됐네요."

그렇게 말하자 그녀가 고개를 끄덕였다.

"이 은혜를 어떻게 하면 현 소장님께 갚을 수 있을까 계속 생각했어요. 아마도 건강해져서 행복해지고, 아름답게 꾸미면서 인생을 즐기는 게 아닐까 싶더군요. 그러면 틀림없이 지금 고민하는 사람들에게 용기를 줄 수 있을 거라고요."

나는 고개를 끄덕였다.

"당장은 힘들지만, 그 시기는 그다지 길지 않아요. 행복해질 수 있다는 걸, 평화롭게 살 수 있다는 걸 겨우 알았어요. 매일 아이들과 함께 평온히 살 수 있다는 것에 감사하고 있어요. 현 소장님과 시설 분들이 준 은혜를 잊지 않겠어요. 아직 아이가 자주 열이 나긴 하지만, 시설 직원 분들이 봐 주시는 덕분에 직장을 찾으러 다닐 수도 있고요.

……료코 씨. 부디 제 경험을 글로 써주세요. 힘든 일이 있었던 덕분에 지금 제가 존재한다는걸요. 현 소장님이 뭘 하고 있는지 모든 사람들에게 알려 주세요. 어떡해야 좋을지 모르는 채로 생사의 갈림길에 놓인 사람이 무척 많을 겁니다. 그들에게 이런 상담소가 있다는 걸 알려 주세요. 부탁드립니다."

가느다란 그녀의 목소리에 자신감이 흘러넘쳤다.

어깨까지 내려오는 긴 머리, 몸을 감싼 꽃무늬 원피스, 부드러운 미소. 누구에게도 의존하지 않는 강하고 다정한 어머니가 거기 있었다.

그때 옆에 있었던 스태프인 후쿠다가 나중에 내게 말했다. 후쿠다는 아이들을 위한 비영리 법인에서 오랫동안 잡지 편집장을 맡았던 사람이다. 카케코미데라에서는 섭외 업무를 혼자서 담당하며 현수성의 오른팔 노릇을 하고 있다. 그런 그녀이기에 할 수 있는 말이리라.

"현 소장님이 왜 사람을 돕는 건지, 언젠가 나한테 물었었죠?

아까 낮의 현 소장님 얼굴 봤어요?

현 소장님은 역시 아이들 일이 되면 굉장히 열을 올리지 않나요?

그걸 보고 생각했어요. 현 소장님은 어릴 때 아무도 도와주지 않았잖아요. 부모도 친척도 이웃도, 어른 누구 하나.

그러니까 곤경에 처했을 때, 누구든 슈퍼 히어로가 와줬으면 좋겠다고 생각한 게 아닐까요.

현 소장님은 그때 자신이 원했던 바로 그런 어른이 되려고 하는 것 같아요. 분명 그게 가부키쵸 카케코미데라일 거예요."

현실 속 슈퍼히어로를 만나다

따뜻한 4월 말의 봄날 정오. 나는 일본 최대의 환락가라는 가부키쵸 일번가 위에 서 있었다. 등 뒤에 펼쳐진 공원에서 농구하는 소리가 떠들썩하게 들려온다. 맞은편 건물의 연두색 간판을 지긋이 바라보고만 있은 지 7분째. 문제의 간판에는 '신주쿠 구호센터 —커뮤니티 카페 현'이라고 적혀 있었다.

가슴이 뛰었다. 지난 한 달 동안 번역하느라 붙잡고 씨름했던 원고 속의 주요 무대가 바로 눈앞에 펼쳐져 있는 것이다. 그런데도 이상하게 현실감이 없었다. 오히려 「현수성」이라는 제목의 만화나 드라마 속으로 이어지는 입구를 발견한 것 같은 느낌이 들었다.

비영리 법인 신주쿠 구호센터는 사채, 협박, 폭력 등 온갖 고민과 문제에 사로잡힌 약자들에게 해결책을 제시하는 일본의 마지막 피난처다. 그 역사는 9년 전으로 거슬러 올라간다. 몸뚱이 하나만 믿고 어둠의 세계를 누비며 살아온 재일 교포 현수성은 자신의 몸속에 치명적인 불치병 인자가 있다는 것을 알게 된다. '내가 살았다는 증거를 남기고 싶다'라고 생각한 그는 재산도 가족도 다 버리고 윤락촌 한복판에 구호센터 사무실을 차리기에 이른다. 이후 현수성은 채무자, 윤락 업소 여성, 가정 폭력 피해자 등 법치 국가의 손이 닿지 않는 뒷골목 세계의 피해자들을 맨주먹 하나로 구해 냈다. 무려 일만 팔천 명의 사람들이 저곳으로 달려갔고 새 인생을 얻었다. 찾아드는 사람들의 사연도, 맞아 주는 소장의 과거도 드라마틱하기 짝이 없었기에 일본의 매스컴들은 앞다투어 구호센터를 취재했다. 다큐멘터리는 물론이고 해결사 만화로 각색되기도 했다.

나는 신주쿠 구호센터를 취재한 책의 번역을 맡으면서 이곳의 존재를 알게 되었다. 현실은 소설보다 기이하다더니, 번역하는 내내 읽고 있는 것이 취재기인지 하드보일드 소설인지 분간이 안 갈 지경이었다. 그러니 내가 현실 속의 구호센터에 한번 찾아가 보고 싶다고 생각하게 된 것은 당연한 수순이었다. 누구든지 가벼운 마음으로 오라고 권하는 구호센터의 소개 문구도 한몫했다.

그런데 막상 문 앞에 오니 들어갈 용기가 나지 않았다. 쫓아오는 포주도 빚쟁이도 없는 내가 저곳을 방문해도 되는 것일까. 지난 9년 간 저 문을 두드렸을 일만 팔천 개의 절박한 사연을 생각하니 호기심에 이끌려 무작정 찾아온 자신이 너무 뻔뻔하게 느껴졌다.

그런 내 등을 떠밀어 준 것은 뜻밖에도⋯⋯.

"여어— 아가씨, 뭐해? 혼자야?"

거리 헌팅이었다! 8분째 같은 장소에 계속 서 있었더니 낯모르는 아저씨들이 와서 수상쩍은 미소를 띄우며 치근덕거리기 시작한 것이었다. 과연, 이것이 가부키쵸인가! 포주에게 쫓기는 마사지걸도 아니고, 빚 때문에 자살하려는 샐러리맨도 아닌 나는 이름 모를 아저씨의 질문 공세로부터 도망치기 위해 구호센터에 첫 발을 디디게 되었다.

짤랑. 문에 매달린 은종이 맑은 소리를 냈다.

"어서 오세요."

인상 좋은 아주머니가 밝게 인사하며 나를 맞았다. 그러더니 서둘러 실내의 전등을 켰다. 아, 그렇구나. 어쩐지 어두워서 들어오기 어렵다 했더니, 도쿄 절전 때문에 전등불을 반쯤 꺼놓고 있는 중이었다. 카페 테이블이 몇 개 놓인 실내 안에 현수성 소장의 저서와 만화, 영상 프로그램 등이 빼곡히 꽂혀 있었다.

가만, 지금 불을 켠다는 것은…… 지금 손님이 나 하나뿐이라는 건가? 나는 아이스 유자차를 주문한 뒤 피노키오처럼 뻣뻣하게 앉았다. 빨대가 입에 꽂히는지 콧구멍에 꽂히는지 모를 정도로 긴장되었다.

뭘 해야 좋을지 몰라서 서가에 꽂힌 만화책을 읽고 있는데, 옆 테이블에 앉아 있던 아주머니가 봄 햇볕을 받으며 꾸벅꾸벅 조는 것이 보였다. 서비스 정신이 엄격한 일본에서 그런 풍경을 보기는 처음이었다. 덕분에 굳어 있던 뱃속이 점점 누그러졌다.

긴장이 풀리자 입이 열렸다. 알고 보니 나를 맞이한 아주머니도, 다른 종업원도 모두 자원봉사자였다. 우리는 금세 이런저런 수다를 떨기 시작했다. 센터 안은 거짓말처럼 평온했다. 하지만 아뿔싸, 내게 다가온 스태프가 건네준 책자에는 '신주쿠 구호센터를 통한 교도소 수감인 갱생 보고서'라고 적혀 있었다. 스태프는 자신의 사례도 그 안에 적혀 있다며 태연하게 웃었다.

운 좋게도 바로 첫 방문 날, 원고로만 접했던 소문의 하드보일드 히어로와 마주쳤다. 문을 열고 들어서는 사람을 본 순간, 한눈에 누군지 알아볼 수 있었다. 반삭한 머리에 안경을 끼고, 짧게 다듬은 턱수염에 드문드문 흰색이 비쳤다. 그 굵은 팔뚝으로 팔짱을 끼고 등을 젖히면 마치 요새 같은 인상이 풍겨 나온다. 머릿속에서 뜬금없이 「마징가 Z」의 만화 주제가가 들려왔다. '기운 센 천하장사 무쇠로 만든 사람―'

"안녕? 한국에서 왔다며?"

한국에서 온 내게 관심을 보인 현 소장은, 구호센터에 한국인들도 꽤 많이 찾아온다고 말했다. 해외에서 의지할 곳이 없는 외국인 역시 사회적 약자인 탓이다. 그 때문인지 구호센터에는 한국인 스태프도 있었다.

이후 역자임을 밝히고 그 유명한 '상담실'에서 현 소장을 인터뷰할 기회를 얻었다. 굉장히 이야기하기 편한 사람이었다. 초면인데도 절대 어색한 분위기를 만들지 않고, 하고 싶은 얘기를 굉장히 거침없고 시원시원하게 말한다. 때문에 인터뷰할 때 흔히 머릿속으로 계산하게 되는 생각들, 예를 들면 '이 다음에 무슨 화두를 꺼내야 대화가 잘 흘러갈까', '지금 한 얘기는 정리할 때 쳐내는 게 좋겠다' 등이 전혀 떠오르지 않았다. 너무나 능숙한 리드에 나 같은 초보 인터뷰어는 그냥 떠내려가기도 바빴다.

"세상은 호랑이나 사자만으로는 돌아갈 수 없어. 자칼이나 양도 필요하지. 그런데 모두들 사자가 되고 싶어 하잖아. 뭐, 노아의 방주까진 안 가더라도 골고루 있는 게 좋아. 그런데 사자 외의 동물은 전부 실패자로 보더라고. 거리에서 쓰레기를 청소하는 사람을 천대하는 시선이 있는 한, 이 문제는 해결이 안 돼. 그걸 실패한 인생으로 보는 게 아니라, 처음부터 그것을 목표로 하는 사람도 있는 게 바람직하지. 일본은 장인 정신의 뿌리가 깊어서 아직 그런 사고방식이 통하는 사회거든.

하긴 다들 사자를 목표로 삼는 건 어쩔 수 없는 일일지도 몰라. 그렇다면 목표에 도달하지 못하고 떨어진 사람들을 건져 줄 사람이 필요해. 사람들을 도와주는 시스템이 있어야지. 다만 종교 같은 경우, 사람들을 도와주는 대신 종교 자체에 의지하게 만들잖아. 그래선 안 돼. 사람은 원래 자유롭게 태어났으니까, 얽매지 말고 풀어 주어야 해. 그러한 인간성의 회복이 우리 구호센터의 목표야. 가해자도 피해자도 없는 세계에서 모두를 포용하는 것이지. 한국에도 우리 같은 민간 구호센터가 잔뜩 생겼으면 좋겠어."

나는 이후로도 종종 구호센터를 찾아가게 되었다. 그곳은 내 허세를 버리고 무장해제를 할 수 있는 몇 안 되는 장소이다. 구호센터에 있으면 엄청난 고통과 무법천지가 세상에 펼쳐져 있음을 끊임없이 깨닫게 된다. 그 앞에서 나는 어리석고 무력하다. 하지만 그래도 괜찮다는 걸, 구원은 항상 존재한다는 걸 신주쿠 구호센터가 증명하고 있는 것이다. 깊은 밤, 하늘에 박쥐 전등을 비추어도 배트맨은 오지 않지만, 현수성 소장의 휴대폰은 오늘도 24시간 대기 중이다.

옮긴이 **장은선**

중앙대학교 일어일문학과를 졸업하고 출판 편집자 겸 작가로 활동하다가 일본으로 건너가 가수 JAM Project의 스태프로 일했다. 현재 일본어 통역 및 번역 활동을 하고 있으며, 지은 책으로 『노빈손의 올레올레 스페인 탐험기』와 번역한 책으로 나카가와 히로타카의 『홀러덩』이 있다.

현수성이 간다 —신주쿠 구호센터의 슈퍼히어로

지은이 사사 료코 **옮긴이** 장은선
발행일 2011년 5월 25일 초판 1쇄 2011년 6월 20일 초판 2쇄
발행처 다반 **발행인** 노승현 **주소** 서울시 금천구 가산동 470-5 에이스테크노타워 10차 1003호
전화번호 02-868-4979 **팩스** 02-868-4978 **이메일** davanbook@naver.com
출판등록 제2011-08호 (2011년 1월 20일)

ISBN 978-89-966109-0-8 03830